箸代笔

王晖 著

山西出版传媒集团 北岳文艺出版社

· 太原 ·

图书在版编目（CIP）数据

箸代笔 / 王晖著. —太原：北岳文艺出版社，2022.9
（香雪文丛 / 向继东主编）
ISBN 978-7-5378-6569-2

Ⅰ.①箸… Ⅱ.①王… Ⅲ. ①散文集—中国—当代 Ⅳ.①I267

中国版本图书馆 CIP 数据核字（2022）第 115741 号

箸代笔

王晖　著

//

出品人
郭文礼

选题策划
谢放

责任编辑
关志英

书籍设计
张永文

篆　刻
董磊

印装监制
郭勇

出版发行：山西出版传媒集团・北岳文艺出版社
地址：山西省太原市并州南路 57 号　邮编：030012
电话：0351-5628696（发行部）　0351-5628688（总编室）
传真：0351-5628680
经销商：新华书店
印刷装订：山西人民印刷有限责任公司

开本：787mm × 1092mm　1/32
字数：191 千字　印张：9
版次：2022 年 9 月第 1 版
印次：2022 年 9 月山西第 1 次印刷
书号：ISBN 978-7-5378-6569-2
定价：68.00 元

总序

香雪是广州地铁6号线的一个终点站名。近几年，常往返于6号线上，每每听到这个报站，总觉得有味。有时顺手拿一张地铁线路示意图看，一个个站名过一遍，唯觉得香雪这名儿富有内涵，让人遐想。

记得还是二十世纪八十年代，曾参加一次文学讲座。一位诗人教导我们如何作诗，他顺口溜出几句写雪的诗："江山一笼统，井上黑窟窿。黄狗身上白，白狗身上肿。我就去打酒，一脚一个洞……"显然，前四句是唐人张打油的《雪诗》，后面也许是他随意发挥的。他说这首诗，好就好在全诗没有一个"雪"字。作为一个客住之人，我对粤文化所知有限，不知当地是否有咏雪的诗篇遗存；即便有，也不会很多吧。

广州是个无雪之城。每年冬天，要看雪，只有北上远行。市郊有广州海拔最高的白云山，冬天，偶尔也会飘几粒雪花，但落地即化。香雪之名缘何而来？后来才知道是萝岗有一香雪公园。旧时，广州也有"羊城八景"之说，香雪自然名列其中。羊城人喜欢雪，就因为无雪吧。

由广州人好雪，我联想到一个有趣的问题：凡生活中没有的东西，人们总是越想得到。譬如一个美好的愿望，其实就是一种精神诱导，或叫一种心理安慰剂，尽管如镜花水月，而有，总比无好，画饼还是要的。未来是美好的，现在吃苦受累，就是为了将来。天堂并不是虚妄的。我是个过了耳顺之年的人，河东河西，一生也算见过不少，如要追溯这传统，恐怕比我辈年长，只是觉得于斯为盛罢了。

香雪之所以拿来做了丛书名，也是一时想不到更合适的。这套丛书分A版、B版两个系列，各有不同。至于能做到多大的规模，还真不好说。唯愿读者开卷有益，也愿香雪能带给人们不一样的遐想。

是为序。

向继东

二〇二二年三月于广州

自序

海派画家唐云生于西子湖畔，享有“杭州唐伯虎”美誉。据说这位画风清新俊逸、雅致空灵的大师，满周岁时，家人举办“抓周”礼，其将案头托盘内摆放的各色备拈物件翻得底朝天，却唯独伸手抓住托盘外闲置的一只空酒杯，送到嘴边吸吮不已。及长，果善饮，逢聚必酒，且常于饮宴间，以箸代笔，以酒代墨，谈诗论画。我平素与烟酒无缘，却性喜美食；爱屋及乌，也嗜读美食文字。收入本集的芜词，就是翻览饮馔杂著之暇时，品味菜肴小吃之余闲，草草录记的与饮食有关之零言碎语，姑且算是我以箸代笔的成果吧。

闲话少叙。近年来，我在报纸、杂志上陆续发表了一些言涉饮馔的小文。有朋友读后，称许较有意味。更有朋友鼓励我将所写同类文字结集出版。

谈及人生诱惑，列夫·托尔斯泰在《日记》中将其描绘为三个侵蚀自己的魔鬼，并对应分析了自身抵御力：“一、赌博欲——可能战胜的。二、肉欲——极难战胜的。三、虚荣欲——一切中最可怕的。”拟文者希冀将拙作付梓面世，并赢获赞誉，应属虚荣心作祟。对待它的侵蚀，精神强大如托翁，尚且慨叹可怕，何况我辈凡夫。

朋友的谬奖，只是出于礼貌，我却“捡着红枣当火吹”，由此生发的虚妄自尊意识，迅速在胸次发酵。回到家中，我立即在电脑里“翻箱倒柜”，将与饮啄有关的文字，悉数检出，集束成簇。目的只有一个，就是借此类文字之前发表的“余热”，再嘚瑟一下。不知曾给过我捧场的朋友，是否能够从中得到回味，或发见些许新的意蕴。

王　晖

二〇二一年九月三十日夜，合肥城南稻香楼畔

目录

第一辑　扁大枯酥

上楼下楼

又到食蟹季节，谈论擂姜泼醋、剥蟹赏菊的话题，一年中数这一时期最为甚嚣尘上。

报刊中、广播电视里、微信朋友圈间……充斥着持螯话蟹的图文、声音与视频。有掉书袋表述东晋名士毕茂世那“一手持蟹螯，一手持酒杯，拍浮酒池中，便足了一生”情状的；有诠释李太白那“蟹螯即金液，糟丘是蓬莱。且须饮美酒，乘月醉高台”意境的；有演绎宝黛钗们秋日在大观园办螃蟹宴，缀句题咏那热闹场景的……

当然，最好看的还要数那些述说近现代名媛逸士嗜蟹食蟹的轶事——

现代国画大师溥心畬，出身清代皇室，诗、书、画俱佳，性喜美食，尤嗜大闸蟹，且食量极大，一餐食蟹三十只尚不觉饱，剥下的蟹壳堆得老高，竟至“对坐的人都看不到先生脸了”。

章太炎夫人汤国梨是近代妇女运动先驱，擅诗词，精书法。我在学生时代就熟诵她的那首豪气勃发的《酒兴》：“兴酣落笔书无法，酒后狂歌不择腔。一任旁人窥冷眼，自扶残醉倚晴窗。”

孰知这位享有“旷代清才，直与贺、柳并辔”美誉的浙江乌镇籍女子，对大闸蟹亦情有独钟，还吟过“不是阳澄湖蟹好，人生何必住苏州”之秀句。汤国梨在姑苏前后生活几近四十载，以九十八岁高龄终老苏州。据其孙子回忆，老人家晚年依然耳聪目明，牙齿不落，可以读书作诗，能嗑瓜子，还要吃蟹。

宋庆龄也酷爱食蟹，尽管每次吃完螃蟹，都会出现皮肤过敏，仍难挡诱惑，经常是先服抗过敏药，再去品蟹，颇有“冒死吃河豚”气概。一九七六年金秋时节，“四人帮”倒台，国人纷购螃蟹，吃“一母三公”成为时尚。闻讯兴奋不已的宋庆龄立即告诉工作人员自己要吃螃蟹，而且一定要吃“一母三公”。工作人员知道宋庆龄特别喜欢吃蟹黄充盈的母蟹，从旁提醒她：“还是母的好吃。”宋庆龄却毫不犹豫地说：“先吃‘一母三公’，再吃母的！”她把这次吃蟹，当成了一种具有象征意义的仪式。

但以上诸则名人嗜蟹故事，与近日在武汉出现的一个欲跳楼男子被大闸蟹诱惑放弃轻生的举动相较，对蟹的酷嗜度似乎都不免大打折扣。据二〇一五年十月十日《武汉晚报》题为《三十岁男子欲跳楼 众人劝解六小时未果／好朋友一兜螃蟹救下轻生男》的消息披露：

一名三十多岁的男子，昨天站在汉南微西小区三号楼外墙水泥板上，以跳楼相威胁六个多小时。各路人马好话说尽，可他却不肯回心转意。正当大家束手无策之际，谁料，他的一个好朋友提着一兜螃蟹来喊他喝酒，他竟然被美食诱惑选择了放弃跳楼，让人啼笑皆非。

从本条消息所配现场照片可见，该男子是赤膊站在三层楼外墙水泥板上，楼下满是围观者。各大门户网站和新闻客户端广泛转载了此则奇葩信息，网友读罢，不禁脑洞大开，争相发声留言：

@天真的小涯：我跟朋友说，你们再不请我吃大闸蟹，我就跳楼！结果，他们劝我跳梁子湖，因为有螃蟹。

@这娃子不孬：大闸蟹：我真的这么重要???

@阿姆斯特朗回旋加速喷气御宅A君：其实，他是在看他基友有没有买蟹回来。

@突如其来的希望：哈哈哈哈哈哈哈哈！绝望的世界只有美食不可辜负！

……

万语千言，极尽调侃之能事。

漫画大师丰子恺自小随父学会食蟹，终身酷嗜。成年短暂茹素，后来有选择地开荤，寻恢复了“永远神往”的吃蟹。其女儿丰一吟说，有一年丰子恺装了假牙，咬不动蟹钳，便要一吟陪他去王宝和酒店吃蟹酒，替他咬蟹钳。一吟问他：“为什么这样喜欢吃蟹？”丰子恺没有直接回答，却发了一通感慨：“单凭这一点，我就和弘一大师有天壤之别了。所以他能爬上三楼，而我只能待在二楼向三楼望望。”

丰子恺毕生服膺弘一法师，一九四八年岁尾在厦门佛学会演讲时，曾形象地提出一个尘世生活“三层楼论”。他认为仅满足锦衣玉食的物质生活者，栖身在“第一层楼”；专心学术文艺的精神生活者，住在“第二层楼”；而居于“第三层楼”的，只有追究灵魂来源、宇宙根本的宗教徒，他推崇弘一法师就是“人生欲”很强，脚力很大的“第三层楼”居民。上段回答女儿一吟之问，他也演绎了这种人生观点。

嘻！丰子恺那厢正为自己缺乏脚力，沉湎蟹瘾，爬不上人生的“第三层楼”而惭愧不已，孰料，这边却有一个荆楚青年为了满足食蟹之欲，竟从已爬上的三楼又自觉下到了一楼！

面对此情此景，真不知是该说“蟹之味鲜，魅莫大焉”，还是应说“人之差别，判若云泥”。

二〇一五年十月十一日夜，合肥城南稻香楼畔

敲饭椰心

旧时隆冬与初春季节，合肥人家多以腌制的肉类或蔬菜佐餐。

民间俗谚："小雪腌菜，大雪腌肉。"立冬后，趁着天气渐趋干燥、阳光较为充沛的有利时机，家家户户忙着腌制肉类或蔬菜。取来腌的蔬菜，主要有雪里蕻、芥菜、韭菜、辣椒、萝卜等，通常俱放在陶坛、陶缸内腌制、储存，泛称"腌菜"。至于肉类腌制品，则俗称"咸货"。用来制咸货的肉类，较为丰富，包括猪肉和猪耳、尾、舌条、大肠、心、肝，以及鸡、鸭、鹅、鱼、牛肉、狗肉等，甚至野兔、野雉也可以拿来腌。腌制也是在陶坛、陶缸内完成，但与腌蔬菜不同的是，过一些时日后，这些腌制的肉类需取出，经阳光晒干，再挂至厨房内墙上保存。

此种嗜食腌制品习俗的形成，与合肥地区冬春季寒冷，旧日市场新鲜肉菜供应不足，有很大关系。而"咸货"与"腌菜"的一大优点，就是易于储存，以备不时之需。数九凛冬，任它屋外寒风冷雨，乃至白雪飘飘，家里来了客人，或自己想打牙祭，从厨房墙上取下挂着的咸货，用清水洗去浮尘，切块。取来一只瓦钵，依据家中所有，在钵底选垫新鲜千张、白豆腐干，或铺放用水泡发过的干黄豆、青豆、花生米，上置咸货块，蒸熟，即可待客或自享。印象中，此类菜中以咸鸭蒸黄豆最受欢迎，蒸熟，甫揭锅盖，即满屋飘香；及至一钵热气腾腾地端上桌，则四座精神为之一振，不禁食指大动，纷伸箸头；鸭肉吃来香，就是那咸鸭骨头，也是越嚼越有味，洵为当日普通人家下饭或待客佐酒的上佳菜肴。自然，更多时候，寻常百姓家还是把腌雪里蕻或腌芥菜切碎，拌入一些葱花、蒜末、姜末、辣椒丝，下油锅同炒；或将它们置放到垫有一层新鲜豆腐或白豆腐干的瓦钵内，上火同蒸，菜上桌前，再于雪里蕻或芥菜上点滴一些小磨麻油，也是香味扑鼻，极宜佐饭的。

若论当年这腌制肉类或蔬菜的美中不足，只因物质匮乏，普通人家从节省食用计，腌制时，放的盐总是过多，吃起来不免太咸。“一咸三分味，一辣到十成。”这是那个年代流传的一句民谚，从中不难理解彼时民间的美食标准，并可以想见如果能够享用得到，大多数人还是不拒绝，准确地说，是乐于津津有味地享用这过咸的美食。

物质匮乏年代，这种口味嗜咸的现象，在很多地方都存在。于周作人谈饮食的文章中，我们就能屡屡发见。比如，他在《略谈乳腐》中写道：“其实乳腐这一类东西本来只是穷人们所吃的，因为咸的东西很是‘杀饭’，也写作‘煞饭’，言其只用一点便可以送下许多饭去。”并特别介绍了其故乡百姓嗜食的霉苋菜梗，是将苋菜梗粗壮者切段，腌藏发霉，因极可下饭，老百姓诙谐地称之为“敲饭榔心”，“榔心”即“榔头”之意。他更一语概括浙东乡民自制的霉豆腐、霉苋菜梗、霉千张和市售的勒鲞准蟹等滋味：“无不极咸，这就是所谓食贫的滋味吧。”

发见常食极咸食品，是贫民无可奈何的生活选择，此为知堂知世之论。但称乳腐之类的咸东西只是穷人们的食物，结论则不免偏颇。宁波位居浙东，当地人喜欢喝雪里蕻咸菜汤，有民谚曰：“三天勿喝咸菜汤，两脚有点酸汪汪。”后一句是说走路都没劲了。我看过有关早期旅沪“宁波帮”的头面人物之一、旧上海赫赫有名的“赤脚财神”虞洽卿的传记，他富贵还乡，仍然喜欢似少小穷困时那般，倚在门前喝咸菜汤。穷奢极欲的慈禧太后，传说不也将王致和臭豆腐列为御膳小菜，亲赐“御青方”之名吗？饮食口味的形成，原因众多，简单以贫与富来机械剖析口味成因，难免不准确。何况，若腌制时用盐适度，做出的咸菜还真的是腴美鲜香、滋味悠长啦。

如今，蔬菜、肉类四时供应充足。秋冬季节，于合肥街头巷尾，虽仍能看到居民挂晒的咸货，但较之三四十年前，实在是少得多了，可见家庭腌制咸货的习俗在民间确乎日渐式微。只是嗜食咸货的老饕似乎依然不少，略微留心许多农家乐饭庄乃至一些大酒店的食单与餐桌，就会发现我的结论不诬。“刀板香”是本地许多酒店都售卖的一款菜肴，说白了，就是将当年百姓家里习见的腌猪五花肉蒸熟，切成肥瘦相间的大块，放置类似砧板而略小的木板上登席。我去酒店吃饭，亦喜点此菜，倒不是空虚的怀旧情结作祟，实在是这略咸而腴香的腌肉，很能满足口腹之欲。

另外，在食客酒酣，要求上饭或面条时，有的店家喜欢配赠一些腌韭菜、腌辣椒、腌萝卜条等，已吃了许多荤腥油腻的食客，此时，以这些清爽小菜佐食，最是可口。

二〇一七年七月一日下午，合肥城南稻香楼畔

剁椒蒸鱼腩

合肥位处江淮之间，水产品丰富。近年，本地许多酒家均在烹饪鱼虾蟹鳖上精心做文章，推出了一批创新菜。日前，参加一位书法家作品研讨会。会后，其在百花宾馆赏饭，席中上了一款“剁椒蒸鱼腩”，饶具风味。

“剁椒蒸鱼腩”原为市面酒家皆有鬻售的菜肴，只是大多数店家取用的“鱼腩”，俱为鲩鱼肚腹。而百花宾馆的这款“剁椒蒸鱼腩”，是将鲩鱼胸鳍根部铜钱大小的那块活肉取下，铺放于瓷盘里，上覆一层泡红椒，入笼蒸制而成。成菜登桌，但见白色瓷盘内，尽是鲜红晶莹的泡椒，十分喜气。用筷子拨开这层悦目红椒，便亮出浸在浅汤中的一朵朵洁白鳍肉，入口细嫩爽滑，腴而不腻，中夹丝丝鱼瘦肉，透着微辣的咸香。腩，指动物肚子上松软的肌肉，如：牛腩、鱼腩。其他店家用“剁椒蒸鱼腩”来给售卖的蒸鲩鱼肚腹命名，倒是与“鱼腩”称谓之本意契合，可谓名实相符。但以其来给主料较为难得的蒸鲩鱼鳍根肉这道菜题名，则显然明珠暗投，忽略了厨师的匠心。

话及食鱼，俗语有“花鲢头、青鱼尾、草鱼肚裆、鲫鱼背”

之谓，意指这些部位皆为淡水鱼精华之所在。草鱼俗称众多，之一曰：鲩鱼。浙菜中清淡鲜嫩的“三丝肚裆”，就是选用鲩鱼肚裆，配以火腿、香菇、笋等三丝烧制而成。至于百花宾馆的这款“剁椒蒸鱼腩”——此处，我们姑且仍袭用店家起的菜名，做法固然简单，但由于厨师独取不为人注意的鲩鱼胸鳍根部肉作主料，胸鳍经常划动，根肉比肚腹部肉自是倍加细嫩，配以泡椒同蒸，去腥起鲜，口味当然别致。只是，硕大一盘“剁椒蒸鱼腩”，由近三十朵鳍根肉组成，而一鱼仅生寥寥两朵此脔；何况，备用之鱼个条亦需一定规格，过小则无法自鳍根处取肉。如此说来，此盘美味竟需约十五条大鲩鱼作备用食材，确堪谓草率间折射出铺张，简朴中透露着奢华了。

嗜吃，也擅谈吃的周作人，写《日本之再认识》时，对可显示富家厨房丰腴气象的食物，热情不高，说有机会吃到鱼翅、燕窝、熊掌，固然不会拒绝；若没得吃时，也绝不想吃。反是对故乡寻常民家食用的白鲞汤、鳘鱼鲞汤，称道不已，并细致描述其中清淡质素的一味佳肴：“还有一种用挤了虾仁的大虾壳，砸碎了的鞭笋的不能吃的老头，再加干菜而蒸成的不知名叫什么的汤……”数年后，他在写《儿童杂事诗》时，又专门咏及此汤：“夕阳在树时加酉，泼水庭前作晚凉。板桌移来先吃饭，中间虾壳笋头汤。”饮食偏嗜油腻，或酷爱清淡，多因生活环境、习惯口味、个人体质等复杂因素形成，忽略蛋白质、脂肪、维生素、微量元素等科学标准不论，应无高低之别——当然，这是题外话。而让我生发兴趣的，只在于令知堂如此难以释怀的“虾壳笋头汤”，三味主料中，竟有两味是世间大多数酒家或大多数地区居户在择菜时都会弃置的废料，由于调鼎得当，却让“越人喝得滋滋有味”。联想到百花宾馆厨师只是将鲩鱼身上原本不显眼的鳍根肉剔出，单独蒸制，便立生妙味，自可见烹饪之奥妙无穷，魅力无限。而从食材撷取角度考量，也足证陶侃惜物，不弃木屑竹头之识见细密在理。

二〇〇八年四月十一日晚，合肥东北郊写字间

扁大枯酥

赴宁，晚间在夫子庙秦淮河畔的一家名叫“金谷园”的饭庄吃宴，席中上菜时，服务员托来一只白瓷长盘，盘中央放着数枚色泽枯黄的扁圆饼子，上面浇着芡汁；长盘两头则分别缀放着一堆翠绿色的炒嫩菊花叶，和圆饼一齐散出扑鼻香气。在南京朋友指导下，取来圆饼，咬食一口，并以箸夹少许嫩菊花叶佐餐。略微咀嚼，便觉酸甜、清香满嘴；细细品尝，则鲜美、香脆、松酥诸般滋味俱集……

忙不迭地享用着这款前所未食的美味，边好奇地探问菜名，不想，竟得到一个恶俗至极之词：“扁大枯酥”。当地朋友说，菜名就是此道菜诸般特点的综合：扁者，谓其形；大者，谓其状；枯者，谓其色；酥者，谓其质。

这是一味以火工见长的南京传统名肴，厨师制作时，先将猪肉、猪肥膘和生荸荠分别剁成米粒大小，加入鸡蛋黄、面粉和葱姜末、精盐、绍酒等调料，搅拌均匀，做成圆饼，再经煎、捺、炸等工序烹制而成。上桌前，肉饼上须浇淋由鸡清汤、酱油、白糖、绍酒、醋、水淀粉勾制的芡汁并麻油。至于备好佐餐绿菜，那也是关乎进食这道菜完美与否的不可或缺部分。而在遴选绿菜时，嫩菊花叶之外，嫩豌豆头亦为常被采纳的一种。

中国厨艺，品评菜肴不仅推崇色、香、味、形，对命题菜名也十分讲究。美味可口如扁大枯酥者，颜色却如此单调乏观，形状却如此委琐不堪，名字却如此黯淡无神，也只有用“丹漆不文，白玉不雕，宝珠不饰”来解释了。

记得从一部介绍蝴蝶种类与生活习性的科普片中，看过这样一则趣事：在峨眉山、神农架等国内西南部和中部山区，生活着一种学名叫“枯叶蛱蝶”的名贵蝴蝶。它姿美色丽，翩翩飞舞时，露出翅膀的背面，色彩大都为绒缎般的墨蓝色，闪动着耀眼光泽。前后翅点缀着白色小斑点，外缘镶嵌着深褐色波状花边；前肢中部更横有一缕金色曲边宽斜带纹线，恰如佩着一条漂亮绶带。这种优雅精灵最令人叫绝处，在于有着使自己形态、斑纹、颜色等跟周围自然界物体相似，借以保护自身不被天敌捕食的极强拟态能力。当它两翅并拢停息在树枝上时，翅腹面呈枯叶色，从前翅顶角到后翅臀角处有一根深褐色的横线，加上几丝斜纹，酷似叶脉。翅里间杂有深浅不一的灰褐色斑，极像叶片上的“蛀孔”及“霉斑”。一眼看去，纯同一枚行将凋谢的枯叶——呵，斑斓蝴蝶王国内艳美绝伦的皇后，有时竟也枯如槁木！若非自荧屏上亲眼睹见，如此神奇之例谁会置信?

这摆放在席中的扁大枯酥与那栖息在枝头的枯叶蛱蝶一样，俱为绚烂之极归于平淡的卓异之伦。

二〇〇四年五月十六日凌晨，合肥城南罗小店

“异国兄弟”

“淮扬风味”肴馔中，有道名菜，叫“三套鸭”。此菜是从传统的“套鸭”发展而来，据清代食谱《调鼎集》记载，制作“套鸭”，是将“肥家鸭去骨，板鸭亦去骨，填入家鸭肚内，蒸极烂，整供”。也就是说，“套鸭”完全用鸭肉作主料制作，巧妙的是，它选用新鲜鸭肉与盐卤腌制风干的板鸭肉一起蒸，取料思路如同“杭州菜”中的“金银蹄”或“本帮菜”中的“腌笃鲜”，以收获鲜咸相融的独特滋味。后来，扬州菜馆的厨师别出机杼，沿袭“套鸭”组合思路，但以当年仔鸽去骨，填入去骨新鲜野鸭腹中；再将这野鸭，填入去骨新鲜雄家鸭腹内，遂制成“三套鸭”——此程式，犹如跳拉丁舞时，于惯常采用的基本舞步外，增添一些炫目花步，使舞态更为俏皮多姿。而在“三套鸭”中，纳在最里层的仔鸽，就是“花步”，它的出奇加入，以及烹调方法由“套鸭”的蒸，改为“三套鸭”的炖焖，食用时，自外向内，家鸭肥嫩，野鸭鲜香，菜鸽细酥，尽管“三套鸭”菜名与实不符，但味觉的丰富性却大大超逾“套鸭”。加之上桌时，品相完整，有型有款，在“淮扬菜”高档筵席里，该肴常作为头菜，担纲率先登席之任。

二十世纪八九十年代，国家商业部饮食服务局、中国烹饪协会、中国财政经济出版社主持，组织全国各省、自治区、直辖市饮食服务部门的专业人员和名厨师，编写了一套《中国名菜谱》，以近二十卷的规模，图文并茂出版。全书内容力求反映中国传统的和当代的名馔佳肴精华，充分体现中国烹饪的文化、艺术、科学特点。《中国名菜谱·江苏风味》卷的封面，就选取了一帧“三套鸭”成品照片作主图，可见此菜在苏省名厨心目间的尊贵地位。

读捷克作家博胡米尔·赫拉巴尔的名著《我曾侍候过英国国王》，竟发现了和“三套鸭”组合思路相仿的“异国兄弟”。阿比西尼亚皇帝海尔·塞拉西访问捷克，借布拉格市内有金刀叉的巴黎饭店，举行盛大午宴。随国王同来的三名阿国御厨，承担了在这临时御膳房烹制阿比西尼亚特色菜的重任。这三位精力充沛、性格开朗、动作敏捷、技艺高超的黑人厨师，煮了几百个鸡蛋，在烤箱里烤了二十只火鸡。然后，将买来的两头已开膛羚羊，剥皮，取来饭店最大的锅，把一块块黄油铺垫在下面，扔进一把把调料，来煎这两头羚羊。接着，将烤得半生不熟的火鸡和馅儿，填到羚羊肚里，用煮熟的鸡蛋塞满所有空当，继续一块儿烤。此菜烹饪至此尚未终结，最惊人的是，他们又将一头活骆驼牵到饭店门前，宰杀、切腿、剥皮、去骨。运来三车柴火，生起一堆熊熊大火，待明火消失，剩下鲜红滚烫的木炭，方旋转挂骆驼的架子，让驼肉对着炭火，炙烤整头骆驼。等到驼肉快熟时，他们把那两头填满火鸡馅儿的羚羊，塞到骆驼肚里，而火鸡肚里也塞了鱼和煮鸡蛋。漫长的烧烤过程中，厨师们一直撒着特殊调料，边用一把薄荷秆，蘸着啤酒，在里面塞满馅儿的骆驼肚子外面，不停地抹擦着。宴会渐渐进入高潮，“鱼鸡羊驼四套”——我们姑且以此来名这道阿比西尼亚特色菜，烤成了！阿国御厨将这道特色烤菜，无数次地对劈成两块……于是，每块骆驼肉上，都带了一小块羚羊肉；每块羚羊肉里，都包着一块火鸡肉；而每块火鸡肉里，又有一块鱼和馅儿以及煮鸡蛋。这时，主人、宾客蘸着汁儿进食，香味扑鼻，鲜美无比。

与“三套鸭”的制作精细、风格雅丽不同，“鱼鸡羊驼四套”取材丰富多样，用料足量铺张，烹饪繁文缛节，毕显官家气派。在塞拉西那天于布拉格巴黎饭店举办的华宴上，此菜是最后一个登席的。“作为阿比西尼亚皇帝一份小小的心意”，它的奢豪、阔大与喧嚣，铸就了其殿后登场的压台实力。

二〇一五年七月十八日夜，合肥城南稻香楼畔

无为板鸭

安徽有个古县，叫无为（二〇一九年底，撤县立市——作者注）。据北宋地理总志《太平寰宇记》记载，该县得名，系因“曹操征孙权筑城于此，攻吴无功，因号为无为城”。此地出产一道颇具特色的下酒名物：板鸭。虽平素不胜酒力，我却嗜喜这板鸭口味，常买来就饭、佐茗。

在国内南方河流湖泊众多地区，如：江苏南京、福建建瓯、江西南安、四川德昌等地，都出产板鸭。个中道理也简单，旧时人多俭省，“常将有日思无日”，把鲜鸭加工成腌腊食品，留至客人登门或家中餐食久不见荤腥时，取来食用，这大约就是产鸭地区多为板鸭产地的主要原因。“无为板鸭”虽顶着“板鸭”之名，却与其他地区板鸭制作习用方法存在两点差异：一是鸭坯也走盐腌工序，但腌渍期较短，需现做现吃。二是加了道特殊工艺，即增添了以燃烧过的芝麻秸余火灰烬，上撒杉木屑，借底火缓慢燃烧木屑冒出的烟，来对腌渍后的鸭坯进行熏制的过程。故“无为板鸭”，又名“无为熏鸭”或“无为熏板鸭”。好的“无为板鸭”，多是色泽金黄油亮，皮酥肉嫩，味鲜醇，咀嚼时含有一股烟熏的幽香——如果遇到不能享受这股烟熏味的食客，也就是说，不以此味为香者，则无法与其交流“无为板鸭”之味美了。

据《中国食经》（任百尊主编，上海文艺出版社，一九九九年二月第一版，二〇〇〇年二月第二次印刷）记载，早在清乾隆三十九年（一七七四年），无为厨师便采用先腌继熏后卤的独特方法，烹制出“无为熏鸭”了。像许多名品总伴随着传说一样，关于这种鸭子创制，在民间，还保存着乡村牧鸭童见路人烤食鸭子而获灵感之说，亦有祖居无为的回民创制而成的说法。至于用来熏制鸭子的材料，也存有竹屑、松树屑、柴草等多种说法。无为县城距合肥仅一百三十公里左右，过去，我却从没去过。许多无为籍人士在合肥工作，其中不乏过往较多的朋友，他们探亲归来，每每携带板鸭，相赠或邀餐，从而使我常享品尝这美味的口福。

尤为可喜的是，省城也出现了“无为板鸭”门面。只是有些店主欺合肥人不识无为板鸭独特风味，制作中，省却了费时费力的熏制工艺，使鸭肉失去了烟熏味。但在中心城区，有两家无为人经营的店铺，售卖的仍是道地熏鸭。一家在省政府老住宅区东墙外，另一家在省立医院老住宅区南边临街门面。后一家距我居住的梨花巷仅有数百步路程，中午不想劳乏，下班便去此铺斩半只鸭子，店主附赠一小袋蘸料，提溜回家。妻子加炒个青菜，便能快意食用一餐。需说明的是，这家无为板鸭店只是在一楼住房外摆设的一档卤菜摊，因为毗邻医院——这个道理实在说不出口，但却是事实，摊主同时在住宅内主营花圈、寿衣等白事用品——

故卤菜生意不是太好，但做的板鸭，口味却真的纯正。

知堂老人垂暮追忆少年往事，说绍兴人将小流氓称作“小破脚骨”，并数番津津有味地追述了自己年少时和故乡一个姜姓“小破脚骨”朋友往来的故事。其中有一节促狭而传神，当时绍兴城内有个张姓人家，除开一间寿材铺外，还在住家门前开了一爿小店，售卖馄饨炒面和肉骨头粥，因味美，颇得乡人赞誉。有次，少年周作人与这位姜姓朋友同往张记小店吃荤粥，姜氏吃了几口，连连啧嘴道：“老板，这粥里你搁了什么东西没有?”主人说：“没有呀，怎么了?”他笑道：“那还好，我是怕你们那边铺里近来生意不好。”听了这话，店内人全笑起来。

每次走近这主售白事用品、兼营卤菜的店家斩板鸭，总不禁想起知堂所言之趣事，脸上自不免绽现笑意。一次付账时，老板娘大约感觉我脸上表情有点古怪，遂问道：“为什么爱笑?”我回答是想到中午又能吃上你家的美味，心里很高兴。她听后，也美美地笑了。确实，这家熏鸭口味真好，纵使店主为照顾“那边铺里”生意，在里面“搁了什么东西”，我也愿效仿苏轼“拼死吃河豚”之举。

今年国庆长假期间，一家人自驾去了趟无为县城无城镇。先前屡闻在肥谋生的无为籍朋友介绍，无城镇售卖板鸭门面众多，以燕、马两家名气最大。所以，先光顾了无城镇东大街礼拜寺巷马玉虎板鸭店，店内没有板鸭出售，只卖板鹅，购了半只，才出锅的，热气腾腾，香味诱人。老少数人站在门面旁的路牙上，樊哙似的以手撕食，顷时，食尽，相顾大笑。后，再去北大街燕国凤板鸭店，店内也只供应板鹅，且当日熏卤制成的两百只鹅竟已售罄。经向店主讨教，方知养鸭须喂稻谷等饲料，养鹅则可完全放养，让其食草。当地村民于节省成本计，多选择养鹅而基本不养鸭，故熏制板鸭所需的麻鸭匮乏。店家无奈，只能以鹅代鸭，结果，无意中回归了传统——据说，历史上，无为人就是先做板鹅，后来，才改做板鸭的。至于在合肥经营的无为板鸭店，始终能有板鸭售卖，估计是依赖省城食材原料供应的渠道多且量充足吧。于是，折回马玉虎店，复购一只板鹅，讨要了一包蘸汁，拟带回家食用。午餐，在江边一鱼味馆打尖。

晚上回到合肥，斩切一块板鹅，装满一大碟，就着讨来的蘸汁，佐饭，但真切感觉没有中午才出锅的那板鹅味道醇厚。最不堪的是，剩下的板鹅，连着吃了数餐，味道是一顿不如一顿，始信农家所言的“出锅饭最香”。

二〇一三年十月四日凌晨，合肥城南稻香楼畔

解事豺

李一氓早岁就读于沪江大学、东吴大学，醉心文史，曾加入创造社；后虽长期厕身军旅、政界，仍不易文人禀性，集字画，习书法，鉴赏古墨，样样竭力顶真，般般皆有心得。喜品佳肴，友朋偶聚，兴来亲自入厨，潇洒端出几款有滋有味菜肴，举座皆欢……经年濡染，情致优雅，伏案撰作绝无同侪著述中弥漫的那般熏鼻的“八股腔”，而字里行间体现出的独立思考意识，更难能可贵。尤其是追忆当年红色历程时，其取材多为时人不屑记录或力避录记的边缘资料，秉笔直书，为研究那段历史提供了一份不可或缺的原生态报告。

在晚年所著《征途食事》中，李一氓记载了一九四九年后在晚清翰林陈叔通家吃饭时亲眼所见的一件餐具：一只绝大瓷盘，直径当有五十厘米长，盘的圆周在一百五十厘米以上。千万别小觑这只瓷盘，据说，从某个角度看，它足以体现清代末年做京官的派头。晚清政府要求京官共体时艰，下令宴席不许超过几道菜，京官们就想出吃饭只上“一盘菜”的办法，来敷衍、对付皇帝。李一氓还根据自身体验，对这种瓷盘的实际效用与清末京官

“一盘菜”的概念做了形象诠释：“在陈叔老家吃便饭，有时端出来的只有一个绝大瓷盘；除最后一人一碗汤外，别无二菜。”“而这一盘菜的内容可丰富极了，中心是大堆鱼翅，周围分列五或六种菜。”

其实，此类“上有政策，下有对策，道高一尺，魔高一丈”的把戏，在中国早已有之，北宋李昉等编辑的《太平广记》卷四九三便记载了这样一个故事：

> 则天禁屠杀颇切，吏人弊于蔬菜。娄师德为御史大夫，因使至于陕。厨人进肉，师德曰：“敕禁屠杀，何为有此？”厨人曰：“豺咬杀羊。”师德曰：“大解事豺。”乃食之。又进鲙，复问何为有此。厨人复曰：“豺咬杀鱼。”师德因大叱之：“智短汉，何不道是獭。”厨人即云是獭。师德亦为荐之。

这段文字真像一幕活报剧，仅凭几番对话，便入骨三分地刻画出一名专掌监察、执法的官员，在遵章守纪与满足私欲之间的权衡与抉择。武则天信佛，下令严禁杀生，御史大夫娄师德肯定比他人更明晓这道敕文内容。所以，他奉命赴陕西公干，吃饭时见到厨师端来一盘烧羊肉，立即警觉地问道：“皇上下令禁止屠杀，你从哪弄来这羊肉呀？”厨师答得很巧妙：“这是被豺狗咬死的羊的肉。”娄师德一定对厨师的回答很满意，你听他不无赞许地说：“多么懂事的豺狗呀。”便放心享用起来。厨师接着端上了细切的鱼肉，娄师德又问这鱼是从哪弄来的，厨师答曰："也是被豺狗咬死的。"娄师德听后厉声责骂厨师："智商太低，怎么不说是水獭咬死的。"厨师忙改口答道："对，是水獭咬死的。"如果说，娄师德听了厨师第一次解释，其赞语还是源自本能地脱口而出的话，面对厨师第二次解释，他的反应则是不折不扣的教唆了。最无耻的是，"师德亦为荐之"，荐，即举荐、推荐。吃了人家嘴软，顺便向这名厨师的上级乃至地方陪同的大员介绍一下这名厨师的烹饪技艺多么高、服务态度多么好，乃至政治方向多么明、大局意识多么强等等，自是抹去嘴上油腥后的应有之举。至于这名厨师最终是当了"餐饮部主任"，还是做了"宾馆总经理"，甚或是荣任地区"行管局局长"，乃至更高一级的什么官，文中没有点明，此处无法揣度。

只是我读了这段小文，还心存些许疑窦，那就是这位侍候娄师德的厨师，他究竟是自作主张给娄上这些菜，抑或是受人差遣而为呢？若无身后高手指使，一个竟能说出"豺咬杀鱼"之类胡言乱语的"智短汉"，有胆量与能力设计出如此缜密的违禁接待程序吗？那么，这躲在幕后指使的高手又是谁呢？年代久远，史料散漫，今日可能万难考证了。但有一点是明确的，那便是"师德亦为荐之"的"之"字，绝不可简单依上下文仅解释成"参与本次接待的厨师"，而宜结合尘世观察与人生体悟，将其理解为是"参与本次接待的前场厨师和他身后的决策者们"。以娄师德这般随口便能说出"何不道是獭"一类锦绣妙语的精明官员和深谙投桃报李规则的宦海老手，他会看不出谁是此番全程接待的导演与演员，并量入为出地分别、适度予以施报？呵，通过这次接待，捞得实惠的大、小“解事豺”定然不少。

中国的许多事情不好办，根源固然在制度本身存在疏漏与执法、监督者行动不力，但症结之一，无疑也是因有了太多大大小小的“解事豺”。

二〇〇八年三月十三日晚，合肥城南稻香楼畔

两地相思

电视里正播放烹饪大赛复赛场面，三名选手在进行“炉火纯青”项目角逐，这是展示厨师烹饪综合技能的专题竞赛。

鱼缸中游动着一条活东星斑，只见那位来自香港的大厨只手将其抄起，拍放砧板上，另手操起一柄银雪灿烂菜刀，疾速朝鱼身砍、割、剁、切。仅数分钟，活蹦乱跳的东星斑已拆解成一具骨架和一堆肉块。随后是往油锅里倾炸鱼骨，将鱼肉分半滑炒、油炸。再取来一椭圆形瓷盘，将炸酥的鱼骨架置摆盘中，两侧分放炒、炸熟的鱼肉，并给炸鱼肉浇上一小碗特别调制的酸甜汁——于是，一款参赛名肴“两地相思”制成了！

评委品尝后，给这款菜判了一个几近完满的高分，并附赠一条简洁褒扬的评语：一鱼两吃，香酥宜人，酸甜可口。

我注意到了，评委们谈论这款菜时，只是顺口提及而没有特别点评菜名，可见已是司空见惯，博识少怪。其实，评判一款菜好坏是不应当忽略菜名的。而在荧屏上三名同场竞技选手当日烹制的诸款佳肴中，这道菜之所以唯独让我留下蚀骨入髓印象，恰恰在于菜名。

“两地相思”，原是一个体现企盼时暗蓄痛苦、怀念间交织惆怅的偏正词组，它能让人想起许多优美而难忘的情感经历，于心头生发浓郁深挚、缠绵悱恻的情愫。

但移作这款菜名后，则调侃里饱含残忍，俏皮中倍显冷峻——真的是黑色幽默极了。

与这个菜名让人产生同等不爽的还有一款荆楚佳肴的名字——“母子大会”，那是将鹌鹑宰杀洗净，先卤后炸复蒸，再与煮熟去壳、用高汤烩制的鹌鹑蛋并盘登席的美味。

“跑马鸡”，体现的是烹饪取料残忍。“生食猴脑”，体现的是进食过程残忍。“两地相思”和“母子大会”，体现的却是菜肴命名残忍——准确地说，是人类语言残忍。而人类语言则是人类思想的表达或流露。

二〇〇四年一月二十五日晚，合肥城南罗小店

清炖一快

地处苏北的徐州，古称彭城，饮馔界惯常将自此地沿东陇海线至连云港一带的菜肴，称作“徐海风味”。归入这一体系的肴馔，以鲜咸为主，五味兼蓄，风格淳朴，注重实惠。

二十世纪八十年代中后期，多次路过彭城，常在酒肆打尖，发见“徐海风味”菜肴搭配时显奇思。如：“霸王别姬”以母鸡与甲鱼同蒸，“羊方藏鱼”取鲜羊肉与鲜鲫鱼同烹，均别出机杼。另外，当地许多菜取料也与他处不同，“狗肉不上秤”曾是国内众多地区长期秉承的饮食理念，但在此埠，以狗肉作主料的传统佳馔却甚多：大名鼎鼎的“沛公狗肉”，就是取狗肉与甲鱼同炖的美味；“白汁乳狗”则是将吃奶小狗宰杀、制净后，水煮、煸烧而成的名肴。至于徐州的大菜“野味五套”，集当地所产大雁、野鸭、斑鸠、鹌鹑、禾雀，依次层层套入腹内烹制而成，直堪称“野禽集结号”了。一位对饮食之道颇有研究的当地老饕席间告诉我，闻名江南的“百鸟朝凤”，就是经此菜改进而成，古书上曾有记载，当时他还道出了收录此菜的古书名，可惜闻于酒酣耳热之际，酒醒后绝难忆起。

记得有次在徐州邳县（一九九二年八月，撤邳县，建邳州市——作者注）一饭店吃饭，见菜谱上载“清炖一快”之名，我们数位外地来客不明晓为何菜，都想当然地认为“快”必是“块”的误写，不然，怎么讲得通呐？待当地朋友解释后，才了然“清炖一快”原来是“清炖兔子”，系邳县城乡酒馆、饭店习见的一款地方名菜，“快”，指兔子跑得快。那天，我们享用了“清炖一快”，兔肉酥烂脱骨，鲜香肥嫩，风味独具。紧随此菜之后，登席的是“清炖甲鱼”——据介绍，当地排宴惯将此两道菜前后上桌，借喻“龟兔赛跑”之意，起烘托席间气氛功效。

嘻！都说野兔跑得快，可有猎人的枪子快？终究，不过是宴席中供人“一快”朵颐的美味罢了。

二〇〇九年八月二十九日晚，合肥城南稻香楼畔

斋餐南普陀

五老峰下的南普陀寺，偎山面海。辛巳初夏，去厦门游历，在这座南国梵刹逗玩了半日。目观僧人与香客虔诚礼佛，鼻嗅禅香与花馨款款袭来，耳闻梵呗钟磬与山风海涛相和互应……确有身心涤荡之轻松感。

鹭岛房屋，多为绿顶，下饰绘彩檐，四周围以红墙，撑以红柱，色彩热烈而夺目。南普陀寺的“海会楼”素食斋堂，就居于一座风格如此鲜明的建筑中。中午，一行六人掀帘步入斋堂，服务生趋前迎迓，引领我们至一席斋桌前，甫落座，一盅盅氤氲着古瓷色清香气雾的乌龙茶业已奉上。环视斋堂素壁，悬挂的字画，简淡疏旷；堂内清寂，斋客寥寥。口中啜品着甘苦茶汁，斋菜便递次登席。

在中国寺院素菜里，南普陀寺斋菜素以选料精，制作细，韵致高雅著称。同斋者各点一两只菜，凑成整席，炒、炸、烧、蒸，众鲜并臻，印象尤深者三款：

爆炒腰花。系同游一位嗜喜佛文化的女士所点。此类“仿荤菜”，我总觉矫情，素无好感，却由不得承认当日这款“爆炒腰花”实富特色。在沪上玉佛寺素食斋，亦茹食过“炒素腰花”，是将水发蘑菇表面剞花刀，用蛋清糊浆好，炸制成“腰花”状，再取湿淀粉勾芡成菜。南普陀寺斋厨则以熟面筋为主料，在表面剞花刀，这使世俗意义上的形似更确凿。菜肴上桌，碟中“腰花”嫩白里透着红润，吃来鲜美滑脆；最奇的是，咀嚼间，口中生发出香郁的甜酸味。询之服务生，答曰：“腌、炒‘腰花’时，放了白糖、橘汁。”难怪。

罗汉斋。又名“罗汉上素”，通俗说，就是“素菜什锦”。稍有规模的佛寺素餐馆，都供应此菜。我在九华山祉园寺上客堂素餐馆、普陀山紫竹园素餐馆，都茹食过罗汉斋。但南普陀寺这款菜，仍以群素荟萃，鲜香翠嫩，令人推为至味。也有一点惭愧，就是用斋中，竟发现碟内发菜缕缕，想是红尘中为保护环境而吁请拒售发菜的音讯，尚未抵达“方外”吧。

半月沉江。此为中国寺院素菜名肴，系南普陀寺素食斋堂的看家菜。它选冬菇作主料，配面筋、当归、竹笋汤等蒸制而成。菜肴造型雅丽，在一碗明澈见底的清汤中底部，半边系黑褐色香菇，半边为奶白面筋结体，宛如半轮月影沉入江底。此菜初名“当归面筋汤”，老实直白。二十世纪六十年代初，郭沫若南来游寺，品尝此菜，有感味美而名俗，遂运动灵感，易题了这极富诗意之菜名。《本草纲目》云，当归有润燥滑肠之效。厦门烹饪，喜取当归入味，本地酒家还经营“当归牛腩”“当归炖鸭”等菜，此种饮食习俗，估计与南方燥热气候偏长有关。撇开药效不论，即以“半月沉江”汤清味鲜，充溢着当归醇香，吃来亦令人爽口难忘。

进斋中，诸人俱诧异馨香盈鼻。服务生笑语解惑：“适逢白兰盛花季，这香，是窗外沁入的。”闻言，推启窗扉，但见斋堂院内，行植十数株白兰树，成人合抱粗细，秀逸英挺，枝头花朵遍绽，地面锈瓣无数。

二〇〇一年五月二十四日，合肥城南罗小店

妈婆婆

一九九一年夏季，皖省遭受重大洪涝灾害，位于江淮之间的省会合肥也被惊人灾情震撼，滚滚洪涛淹没了地居巢湖西岸与合肥相隔仅四十余公里的“千年古镇”三河和许多滨湖村庄。为帮助灾区乡民安全度冬，当年秋天，合肥市抽调市直机关工作人员组成百余支救灾工作队开赴灾区。我作为一名救灾队员，曾在濒临巢湖的肥西县刘河乡沿河村待了三个多月，负责村内灾情调查上报和救灾食品、衣被等物资的发放监督。

工作余暇，我们几名驻村队员就在寄居乡民家中看书，或绕村转转、沿湖走走；有时，也应邀和乡民一起乘船下巢湖捕鱼，借用当时流行的救灾术语，这叫“积极参加灾民生产自救工作”。记得当时乡民从湖里捕捞上来最多的是一种小鱼，身长约有四五寸，形如成人小拇指般滚圆；它的上唇与一般鱼无异，奇怪的是，下唇顶端却长着一根近一寸长的针状硬刺，想象它在水里游弋时，就像一柄标枪或一支羽箭飞向前方，那模样一定是较为威严的。这种鱼学名叫什么？我至今不得而知，只知道当地乡民称之为“妈婆婆”。乡民们将它腹内杂物摘去，洗净并放入瓦钵中，上撒葱花、蒜苗段、腌红辣椒片，倒入酱油、醋，再舀上一大勺熬炼好的熟猪油浇在鱼身上；用土灶烧饭时，在大锅内的米与水之上支一个木架，将满盛鱼和作料的瓦钵放在架上，借锅内升腾弥漫的水蒸气来蒸鱼。待到饭熟，钵内鱼也熟了，吃起来味道甚佳。而那盛鱼的钵，肯定是出自简陋乡间民窑；估计烧制者制作时，过多考虑了节省成本，只在钵的内层草草抹了一层薄釉，外面根本舍不得上釉，就匆匆入炉烧了，以至和鱼端上桌后，这钵的外面仍现着瓦红色，透出淳厚、朴实的古风——与钵内鱼的鲜美一样，成了我记忆中至今萦绕不去的“双美”。

“妈婆婆”，乡民们在给这种小鱼起名时，用了一种极常见的修辞手法：比拟。创作的发端，是缘于过去乡间一些老婆婆常严词苛责媳妇，对于这种啰唆而尖刻的现象，媳妇们谓之：“婆婆嘴长。”而这种小鱼正好也是下唇长而犀利，于是，富有幽默感的乡民们便将乡间陌头人人耳熟能详的一个词顺手拈来，稍加点化，作为了这种鱼的名字，用字极俭省，仅三个，但明快、熨帖而别致，已表达出完整的诗意。

其实，巢湖边的乡民向来是颇有诗意感的。还记得这首著名歌谣吗：“大红旗下逞英豪，端起巢湖当水瓢。不怕老天不下雨，哪方干旱哪方浇。”——它就诞生于二十世纪五十年代末期的巢湖之滨。只是以今人眼光来看，这首民谣里溢出的那种豪迈雄健的诗风，总有点疯癔癫狂。至于“妈婆婆”这一同样源自民间的诗意创作，可能有人认为它的诗格不够高，但其中蕴蓄的诗家心态，却是极其从容、平和而诙谐的。若按司空图的《诗品》来分，诗味氤氲的“妈婆婆”大约可以归入“二十四品”中的“自然”或者“疏野”吧。

（二〇〇一年十二月十五日中午，从单位归，去父母处。经过桐城路农贸市场门前，见一位中年汉子于路边设摊售卖小鱼，细观之，乃是相违整十年的“妈婆婆”。晚，忆记此文。）

附注：草毕此文，在书店偶见贵州科技出版社出版的《本草纲目彩色药图》，阅至《鳞部》第四十四卷，见有两幅“鱵鱼”配图，与我在巢湖所见的“妈婆婆”完全一样。李时珍对这种鱼如此解释：“生江湖中。大小形状，并同鲙残，但喙尖有一细黑骨如针为异耳。”

如编者无误，则“妈婆婆”的中文学名当为“鱵鱼”。——王晖识，二〇〇三年一月五日晚。

常常顺利

“九转大肠”“辣子肥肠”“桂花大肠”“圈子草头”……以猪大肠作主料，烹饪出的佳肴之夥，差不多可以组成一个美味家族，中华馔膳就是这般精致入微、精彩纷呈。

如对美食亦作“豪放”“婉约”区分，猪大肠类菜肴或许当划入“豪放派”之列吧。今天，由于惧怕摄入过多胆固醇、脂肪，危损健康，贪食猪大肠的饕餮锐减。可在早先，它却是细民百姓打牙祭的妙物。在我生活的皖中合肥，居民嗜吃“雪菜大肠”，将洗净的猪大肠下开水锅焯后捞起，切成三角形，沥干投入油锅，加切段腌雪里蕻和蒜头丁、葱花、碎姜末、八角、红辣椒丁、红糖、黄酒同炒，白、黑、黄、红各色俱备，猪大肠的油腻被剥去，雪里蕻却变得滋润了，可谓荤素搭配适当，相得益彰。读杭州市地方志编纂委员会编辑的《杭州市志》之《民情风俗篇》，见旧时杭州人家除夕夜祭祖，在祖宗像前摆放的丰富祭品中，除了鱼圆肉圆，也有猪大肠，前者曰“团团圆圆”，后者曰“常常顺利”，用此吉利之名，来讨口彩——真没想到，猪大肠之为菜，在民间尚有如此庄重而辉煌的用场。

当然，对这“豪放派”菜肴思念不舍，食缘深结者，并不止于贩夫走卒，也包括文人雅士。清道光辛巳年举人梁绍壬在《两般秋雨庵随笔》中的《市井食单》条内说：“猪大肠名曰‘佛扒墙’。苏人市井食单名色。”如果说，中性的记载，尚无法体现作者喜好；过于简单的文字叙述，今日读者阅读也不易透彻理解的话，那不妨看一下生于清道光年间的钱塘世家子夏曾传校考纂著的《随园食单补证》。这位雅爱文学的翩翩佳公子，还留心饮食特点和烹饪技术，凡与朋友宴饮，遇风味独特肴馔，必派人前往学习；饮啄之余，发奋增补袁枚《随园食单》，成书共添入袁枚未收进食单的一百六十七种常见南北菜点，中有“猪肠”一味，这般描述：“猪大肠一付取极肥者，洗净切寸段，用京葱同煨，香美异常。俗谓之‘佛爬墙’，言佛亦垂涎也。”可让佛跳墙，自然极佳；但能令佛爬墙，亦属不易。夏曾传取此俗谓堂堂正正补入食单，可见是认可这一说法的；其实叙记烹饪方法时，字里行间早溢出喜爱之情。当代大画家傅抱石嗜酒如命，饮酣泼墨，构图造境尤为空灵，故代表作品多钤盖“往往醉后”。而其开怀畅饮时中意的佐酒菜，则是辣椒炒大肠。傅抱石是江西新余人，赣人素享“辣不怕”之名，酷嗜如此油而辣的菜肴，似亦可证赣人口味一斑。

记忆最深刻的是那年春季，随数位音乐家去合肥西南郊紫蓬山采风，在山下一家乡村饭店午餐，店主端出一盘“咸肠蒸青豆”飨客。它以浸泡过的干青豆垫底，把晒干的腌猪大肠切段置上，撒入葱花、干红椒，再浇一层农家自制的蚕豆酱，蒸熟和盘上桌。那天，咸肠弹牙耐嚼，鲜美爽口；青豆咸香干韧，极有风致，洵为佐酒下饭之绝佳菜肴，引起同席者普遍食趣。一位毕业于中央音乐学院作曲系的音乐家，微醺中讲述了自己一则生活习惯。其妻生于合肥北乡磨店，与晚清重臣李鸿章同里，当地人也嗜食咸肠。每年冬季，岳母都给他们送来晒干的腌猪大肠。晚饭后闲散无事，他就端一小碟蒸咸肠丁，捧一杯清茗，踱入家中音乐室，呷着苦茶，佐以蒸咸肠，静心静气地欣赏肖邦、小约翰·施特劳斯、柴可夫斯基……“那是绝妙的享受！”他陶醉地说。这真印证了所谓“偏于豪放，不废婉约”。

孰料此般中西兼容的享受无独有偶，昨晚看央视电影频道播放反映解放四川的故事片《鏖兵天府》，见国民党军队第一战区司令长官胡宗南率兵在秦岭阻击贺龙部入川，戎马倥偬之隙，竟在前线指挥部内用留声机大放京剧，取虹吸壶冲煮咖啡。他躺坐藤编沙发中，右手托着咖啡杯，左掌合着唱腔板眼，正悠闲地轻击沙发扶手……立时想到那位作曲家所描述的啜饮清茗、口嚼咸肠、耳听西乐之欢快辰光，可见在享受上海纳百川，许多人都是襟怀宽广、无师自通的。

二〇一〇年十月六日晚，合肥城南稻香楼畔

紫河车

在中医的视野里，人的胎盘是可以入药的。检阅《本草纲目》，于“人部”中，即可查着一味叫作“人胞”的药，别名有“胞衣”“紫河车”“混沌衣”“佛袈裟”“仙人衣”等七个之多。李时珍对这味药名称繁多的现象及“紫河车”之名的由来，曾作了专门解释：“人胞，包人如衣，故曰胞衣。方家讳之，别立诸名焉。丹书云：天地之先，阴阳之祖，乾坤之橐龠，铅汞之匡廓，胚胎将兆，九九数足，我则乘而载之，故谓之河车。其色有红、有绿、有紫，以紫者为良。”读这段文字可知，李时珍是将人的新鲜胎盘与其干燥制品泛称为“紫河车”的。而《辞海》在介绍“紫河车”这一条目时，则特别强调道：“经加工干燥后的健康人胎盘。”看来，这个词的古今之意，是有差别的。

至于这味药的功用，李时珍认为其主治“血气羸瘦，妇人劳损，面皯皮黑，腹内诸病渐瘦者……治男女一切虚损劳极，癫痫失志恍惚，安心养血，益气补精”。总之，是大补之品。在朋友开的中药房里，我曾见过“紫河车”，它的颜色为黄白色，卷曲如河蚌吐口，形似干白菇或未泡发的燕窝，质硬脆，嗅之腥味扑鼻。当时，我还好奇地用药房里的小铜秤为药档中的几只紫河车一一过秤，记得每只重量都在五十克左右。据朋友说，在临床应用上，以黄色的紫河车药效为佳；而紫褐色的紫河车，是由于药剂师在炮制过程中操作不规范，没有将胎盘中的血管剖尽，使其内存的淤血未涤净所致，药效相对也弱些——这一说法显然与李时珍所主“以紫者为良”的理论相悖，不知是否又是一个古今之别。

由于没有特殊的医疗滋补需求，对《辞海》所定义的“紫河车”，我倒是从来没吃过；但于新鲜胎盘制成的汤肴，却有着几次“不期而遇”的尝试，不过从食后的生理、心理反应来看，似乎并不佳。

记得第一次吃胎盘，尚在初中时。当时，我有一位要好的同学，他的父亲与我的父亲私交甚笃，父交子往，我俩有时玩到彼此家中，若逢到吃饭时，就跟着这家吃上一顿。一次，我去这位朋友家玩，见他家厨房内的一只瓷盆里，剩着半盆血红的水，水中浸着两团猪小肚状的东西，便好奇地向他的母亲询问盆里泡着什么，他的母亲说是胎盘，是邻居中的一位在保健院工作的医生送来的——当时，产妇住院分娩后，胎盘都由院方统一处理，于是医生、护士们就轮流拿回家，或己用，或送给亲戚、朋友。那是一个物资匮乏的年代，能将这样的“补品”送给人家，一般都是关系不错的朋友。此前，我已听班上的同学说过吃胎盘的体会，并知道胎盘的来源，就没再多问了。

平时，这位同学家中的汰洗烹饪多由他的母亲担当，但逢到杀鸡杀鸭之类的“凶猛”厨艺，他的母亲就不敢做了，只得等他的父亲回家来做。那天，他的父亲傍晚下班后，便将瓷盆端到自来水池边洗起来，只见他先用清水将胎盘冲了几遍，待血水少了点后，便用手反复搓揉，接着放水漂洗，如此反复多次，直至再用清水冲时，盆里已不见血水。他便将胎盘拿到砧板上，用刀切成碎末，然后与一盘早已斩好的猪肉糜搅和匀称，团成一个个小丸子，放到汤里烧。待快起锅时，再往汤里投一些青菜叶子，稍焯，便热气腾腾地装盆上桌。那天晚上，我在他家吃饭，记得只吃了几颗丸子，就因为心里疑惑，再未敢向汤盆中下箸。尽管如此，隔日早晨，我还是腹泻了几次，服了黄连素后，才好些——我可能是心理性腹泻（有这种病吗?)，只要吃过感到不洁或有点疑惑的食品，总是不可避免地很快发作。

上班以后，我的工作恰好和卫生单位联系十分密切，每逢数九寒冬，同事或朋友时常让我为他们从医院弄一些胎盘回去补补，我总是一次又一次地帮他们办成了，但自己却未敢往家里拿一个。因为有过初中时的感受，实在，我有点悚惧那玩意。

不过，其间我也吃过两次用新鲜胎盘做的菜，都是冬季应朋友之邀，去一家“药膳”店进补时品尝的。记得这菜名叫“冬保宫宝”，实际上是一种羹。据店内师傅介绍，制作时，先将洗净的胎盘和老母鸡汤汁、枸杞放一起同煲；待胎盘快熟时，投入加工好的鸡丝、海参丝、冬菇丝、冬笋丝、姜丝，以豆粉勾芡，再用文火稍煨；临起盆时，略许撒些芫荽末，然后，以带盖的青花瓷茶盏盛装，端到客人面前，客人揭开盏盖，便可用小瓷勺舀着品尝了。名义上，这是一道以胎盘为“主料”的汤，但由于汤中的其他“辅料”添加过多，加之其时江浙一带的一些药厂已在花重金大量收购新鲜胎盘，用来生产营养口服液，医院能流出来的胎盘极其有限；所谓的“冬保宫宝”，不过是在古怪的名字下，只加进寥寥的一点胎盘作配料罢了。所以，尽管吃过两次，但食后肠胃并没有不适的反应。唯一不舒畅的是，在第二次进食过程中，随着服务员将“冬保宫宝”端上桌，餐厅经理竟笑嘻嘻地走进我们的包厢，殷勤地说：“先生真会点菜，今天这胎盘很新鲜，孕妇十分健康，且是头胎。”那副热情的口吻中，透着最卑劣的动物冷酷，让人感到十分不快。所以，尽管其后仍有朋友相邀去该店“进补”，但我均礼貌地谢绝了，盖取“往者不可谏，来者犹可追”之意吧。

闲谈中，曾听过所在报社印刷厂内一位老师傅述说的一种关于胎盘的食法，倒始终未能忘怀：这位老工人是无锡农村人，幼时一次疟疾初愈，身体很是虚弱，帮他治病的中医嘱其父亲找一副“胎衣”给孩子进补。“胎衣”，是无锡农家对胎盘的称呼，当地人对此视之甚重，婴儿生下后，家人即将胎盘放入一个预先准备好的带盖瓦罐内，埋入床肚地下；待这个婴儿长大成人而至“百年”之后，再把这个罐子取出，将内容物与身体一起入殓，猜想是取人生“大团圆”之意吧。为了儿子的健康，做木匠的父亲花大钱从邻村一个刚生育的贫穷人家求来一副“胎衣”，先用刀将这“胎衣”剁得极碎，再从鸭圈里抓出一只大麻鸭，让它把“胎衣”全吃完；接着，便用竹竿撵着鸭子在村里颠颠摆摆地跑来跑去，据这位老师傅说，只跑得鸭子“满头大汗，连排粪便”；然后，将鸭子逮住杀掉，发现其胃内的胎盘已消化得差不多了——消化速度真堪称神速呀！遂将这只鸭子装入砂锅炖汤；熟后，让他的儿子一次吃完。“从此以后，我的身体就一直健康了”，说这话时，这位已年过半百，仍十分健硕的老师傅，得意地挺了挺胸脯，以示吃胎盘对身体健康的确凿作用——我总认为这位木匠的行径很像一个富有想象力的艺术家，如果让他来从事艺术，那一定也是极有创意的。

二〇〇〇年七月二十日凌晨，合肥城南罗小店

美　事

那年仲秋，去“塞上古城”银川参加第十三届中国金鸡百花电影节活动。

在祖国的东部和南部地区，这个时节，气温通常较高，许多日子甚至有点闷热。可到了地处西北的“塞北江南”，虽说适逢瓜果飘香、景色宜人的美好季节，早晨和晚间，温度已经较低。记得那届电影节开幕式文艺晚会是在宁夏体育场举行，当晚演出创纪录地持续了三个半小时。随着观看时间延续，夜深气温下降，我尽管内着薄羊绒套衫，外罩厚夹克装，依然难御袭人的寒气。活动主办方给每位记者送了一只马甲袋，内蓄宣传材料、简易望远镜、矿泉水和荧光棒，因为霜针刺骨，有瑟瑟发抖者便借矿泉水噱谈，说这若是一瓶牛栏山二锅头就好了。有人接着补充道，要是每人面前再配个羊肉涮锅，就更美了。这时，便听到坐在身边的一位来自甘肃媒体的记者说，实在不行，来个茄辣西，也不错。

印象中，西北人说话多声音低沉，何况这位仁兄话语中还夹带方言口音，且语速极快，心里虽知道他在说食品，却苦于不明白其言说的到底是什么食品。而我平素又具有对美味知识学而不厌的求索优点，纵使舞台上星光灿烂，四围寒气逼人，还是忍不住好奇地向这位同行请教适才所言那款“也不错”美味的写法和食材组成。经其耐心授业解惑，我终于确定了组成这道特色菜肴名字的那三个汉字，并知晓因为甘肃农家常将茄子、辣椒、西红柿在垄间地头套种，顺手采摘后，又切块一锅混炒，这菜名就来源于此三种食材名字的头一个字。当时，心里对这农家土菜的鲜美度没抱多少奢望，但其质朴、明快的菜名，却给我留下了深刻印象。

回到居住的东部地区后，有次和朋友在路边一家兰州拉面店打尖。众人纷点清汤牛肉面果腹，我偶然想到那届电影节开幕式文艺晚会上的插曲，便随口问店家是否有茄辣西，得到有的答复后，便于清汤牛肉面之外，加点了这道菜。食后，感觉滋味比较宽厚、爽口，仅此而已。

至于现在援笔来写这道西北农家土菜，则得益于刚刚翻阅了青岛出版社编印的《我爱鱼鲜》，在此本名家谈美食书籍中，编辑选用了沈周《写生册》里的一帧作品做插图，还为其题了一个蛮有趣味的画名。

沈周为明代著名文人画家，绘画题材丰富多元，《写生册》是其留存至今的重要作品之一。在这本十六开册页内，他图绘了玉兰、蝴蝶花、虾、蟹、猫等生活中常见之物，记录了这些物象的生趣。其中第十开，是为贝类造像。《厦门晚报》老总朱家麟退休后，醉心于海洋文化，著有《厦门吃海记》系列图书，很受读者喜爱。我将沈周画贝图微信传给朱总，请教图中海贝名称。严谨的朱总首先申明，缘于造型及墨色变化，确凿指出水墨写生图上的贝类名目，是件棘手事情。当然，他最终还是应我之请，字斟句酌地发表了见解："淡水中没有类似图右边的大蛤。以海洋贝类来看，此图自左至右，可视为两只镜蛤、两只油蛤和一片魁蛤空壳。"他同时总结说，这都是海边百姓易于享用的"小海鲜"。但《我爱鱼鲜》的编辑选图配文时，却顺手替此帧作品起了个《蛎蚌蛤》画名，尽管不够精准，依然给我留下了深刻印象。它和"茄辣西"，一为东部沿海百姓的家居俭味，一为西北内陆平民的佐餐土菜，遥相呼应，约略可凑成一副展示民生庸常饮食内容的对联。设若天下众生能够时常聚食产自天南地北的这些家常美味，亦堪称集东西之珍，萃海陆之胜，大庇天下寒士俱欢颜之美事了。

二〇一五年十二月十七日傍晚，合肥东北郊写字间

豪壮之举

鹦鹉螺，亦称“鹦鹉贝”。头足纲，鹦鹉螺科。因外壳自背部向腹部平旋卷曲，酷似鹦鹉头形而得名。它最早出现于五亿年前，曾有三千个属、八千多种，而现在发现存活的仅有一属四种；分布于西太平洋暖水区，栖息海底，是极名贵的“活化石”。

上海海上救助打捞局拖轮公司有一位名叫郑根海的海员，一九八八年初随船队赴南沙群岛参与建设联合国教科文组织的海洋观察站工程。一天傍晚，他在船舷垂钓消闲，钓着一个外壳呈螺旋形，有着玫瑰色条纹的大海螺，乍一看，像一只躺倒在地的鹦鹉。郑根海将这只海螺放入滚水中一氽，捞起切成螺肉片，一顿好嚼。随后，他把那绚丽的海螺外壳带回上海家中作摆设。友朋睹见无不生惊艳之叹，经众人怂恿，郑根海捧着这只绝美螺壳到上海自然博物馆请专家鉴定，结果得悉自己吃掉的竟然是世界珍稀贝类鹦鹉螺！据鉴定专家介绍，此前仅在日本和澳大利亚各有人发现过一只活体鹦鹉螺，当时国际上有人叫价十万美金求购一只这种活体名螺而不得。

我曾在电视中见过这位一不小心而谱写了一项饮馔惊人纪录

的海员，面对摄像机镜头，他腼腆地叙述了自己从钓着至吃下这只鹦鹉螺的全过程，那模样似是犯了巨错的小童，尴尬而可爱极了。记得最清晰的是，他曾说这只价值不菲并最终使其成为一时“闻人”的螺，味道并不好吃——不知这是他吃螺当时的感觉，抑或是明晓这只螺价值之后的感觉。

无独有偶，布兰维尔的《游记》记载了这么一桩趣事：在十七世纪荷兰出现“郁金香狂热”时期，一位以拥有珍稀郁金香品种而自豪的荷兰富商办公室内，有天早晨来了一名刚刚回国的水手——又是一个和郑根海行当相同的人，告诉富商从黎凡特托运来的价值连城的郁金香到货了。这位富商高兴之余，赏了报信水手一条上等红鲱鱼作早餐。长年在外航海，郁金香知识极其贫乏的水手离去时，发现柜台上躺着一枚洋葱状的球茎，便顺手牵羊地纳入口袋，打算做红鲱鱼的调味品。很快，富商发现放在柜台上那枚罕见的名品郁金香“桑伯·奥古斯塔”球茎没了，它可值三千弗罗林呀！整个公司顿时为寻找这枚名花球茎而乱了套。在遍寻不得的情况下，有人突然提到那名水手。恍然大悟的富商立即冲出门去，当他气喘吁吁地终于在码头寻着这名水手时，发现水手正静静地坐在一圈绳索上津津有味地嚼着最后一口“洋葱”……

弗罗林，为昔日荷兰的银币名。被水手当作“洋葱”吃下的那枚名贵的“桑伯·奥古斯塔”球茎，当日身价究竟如何，通过那个时代留存下来的一份物品交换单，我们间接可以知晓：三千弗罗林彼时大约可以买到八千磅小麦、十六万磅裸麦、四头肥公牛、八头肥猪、十二只肥羊、两大桶葡萄酒、两大桶啤酒、两大桶黄油、一千磅奶酪、六张大床、一套衣服和一只银酒杯。

人生短促而漫长，其间没有亮点则索然无味。郑根海和他的那位荷兰前辈虽然命中注定与财富无缘，一生却最起码有过一次豪壮之举。试想，人生盛宴固然不少，可又有几人一顿早餐便享用三千弗罗林的调味品或一次小酌就啖去十万美金的下酒菜呢?

二〇〇三年十二月七日凌晨，合肥城南罗小店

发菜山

对版画家张国琳来说，西北戍边生活是兴趣盎然、永不枯竭的话题。二十世纪七八十年代，他曾在兰州军区服役，随野战部队行进，足履踏遍宁夏、陕西、甘肃、青海诸地。既然有过“屈指行程二万”的经历，惯看大漠孤烟、长河落日，熟听瀚海驼铃、黄河惊涛，谙识塞上物候、回乡风情，自然养蓄出无限谈资。

有次，记得是在酒宴喝开口汤之时，有人偶然提及汤中发菜，又勾起这位戍边老卒的西北情结。“我们当兵那会子，在宁夏，发菜可真是没少吃。”以此句为引子，他的话语滔滔溢出：

“一九七九年夏末，当时在团部任文化干事的我，下到一个坦克连挂职任副指导员，部队驻扎在青铜峡市的牛首山下。到连队不久，一天午饭时，连部通信员帮我打来了饭菜，还同时端来一个军用茶缸，里面装着大半缸牙签粗细的卷曲丝状东西。我问：‘这是什么？’小通信员脱口答道：‘屌毛菜。’见我诧异，他连忙解释：‘就是发菜。战士从戈壁滩上采来的，很好吃。’我试着尝了一箸，感觉有点像海带丝，但没有海腥味，肉筋筋的，脆，且有嚼头——这是我初次见识这种山珍。

“后来才知道，发菜是一种藻类植物，我国大西北的荒漠、半荒漠地区均有生长，尤以宁夏所产最为著名。在我们经常驾坦克拉练的戈壁滩上，每逢春秋两季的阴雨天后，地面潮湿，空气滋润，草丛和碎石间便萌出一根根蓝紫色的鲜嫩发菜，杂乱无章地盘卷滋蔓。待到天气放晴，毒太阳一晒，再被干燥高原风一吹，它们立时萎伏在碎石上和草丛间，成了丝状的乌黑干发菜。别看它现在被城里人誉为‘山珍’，那时，当地百姓却并不拿它当事，而是依形状称其为‘屌毛菜’。

“看着驻地百姓利用农闲时光，往戈壁滩采撷发菜打牙祭。战士们也趁去戈壁滩训练间隙，用手将附生发菜的碎石、草棒扒成堆，捡出一根根发菜，装入衣兜。傍晚回到驻地，洗去发菜表面沙土，用清水泡个把小时，再到炊事班找只淘米烧菜的铝盆，将发菜加水煮熟。这样，原来仅盖住盆底的丝状发菜，便涨发成小半盆每根一指长、牙签粗细的美味。官兵们用饭盆分盛，淋上酱油、麻油，吃得津津有味；有条件的话，再加上些许味精，撒上一撮葱花，入口更佳。

“改革开放后，随着对外贸易兴起与扩大，人们知道谐音吉利的发菜，作为山珍之一种，在国内南方地区和海外华人圈中广受欢迎。于是，当地供销社开始收购发菜，戈壁滩上的采集者也骤然增多，他们用铁丝筢在山坡沙地搂抓零落的草丛植被，从中觅捡发菜，卖给供销社，然后辗转销往海外。

“我们当年探亲时，花十多块钱，便可去老百姓家里买得斤把发菜，带回内地，分赠亲朋尝个新鲜。”

说这番话时，张国琳的两只手一刻也没闲着，一会儿比画盛发菜小盆的口径，一会儿比试采来发菜放在盆中的厚度……完全陶醉在对当年饕餮咀嚼的快乐回忆中。同席一圈人边听他神侃，边用瓷勺细心捕捉汤碗中上下翻浮的几缕发菜，心头好生艳羡。

事有凑巧，这次“圆桌听谈”后不久的那个深秋，我得空去了趟宁夏，在饱餐酥脆鲜嫩的烤羊肉、汤香味美的臊子面、沙瓤甜爽的硒砂瓜之后，还享用了一款料真量足的发菜美馔。

那天中午，在塞上重镇中卫，参观完城北那座始建于明永乐至万历年间的儒释道三教合一的古寺庙——高庙，主人邀我们去当地一家民族饭店午宴，席间上了著名的宁夏大菜——“发菜山”。但见摆在圆桌中央的一只巨硕盘子内，除了堆放着一块块片状尖顶山石模样的绵羯羊熟瘦肉，还在盘底铺了一层发菜，肉片上撒了缕缕发菜，肉片间也夹着一束束发菜……此刻，发菜再不似惯常入馔那般总作辅料点缀，而是堂而皇之地成了主料。

从中卫归返银川途中，与主人闲聊间偶然获悉，采撷发菜对自然植被损坏甚巨。据说，每获得二两发菜，要破坏相当于十六个足球场大的草地。而大量采集者涌入，更使原本干旱少雨的宁夏，土地荒漠化日趋严重。闻之不禁惊愕，刚刚享用美餐而产生的快意，也顿时化作一缕罪恶感在心头升腾。

回肥不久，就见报端登出国务院下发禁止发菜交易文件的消息。作为“禁令”的文字，注定抽象枯燥，但传达的信息，却体现出严厉的理性质问：在关乎生存与死亡、现在与未来的严峻现实面前，人类究竟该如何抉择？为了自身与子孙的幸福，饕餮们难道不应当节制口腹之欲吗！

二〇〇七年十月八日夜，合肥城南罗小店

咸菜豆瓣汤

中午下班，去书店寻购几册资料书，辞店已逾十三时。考虑下午需参加一个会议，回家吃饭显然来不及，遂走进路旁一爿新开的茶食馆，点了一碗滑肉面。

许是过了午餐时间，设在城市中心干道旁的茶食馆里，客人并不多。店内洁净、雅致，墙角报架上，还摆了一叠休闲杂志。取来一本，摊在桌面闲翻，边静待滑肉面端上。对都市休闲类刊物来说，影星介绍是一道不可或缺的软性甜品，手中这期杂志的主打人物是张曼玉，编辑阔绰拿出十个页面，刊发了张的数十帧戏里戏外彩照，并配有清新文字，对张的早年经历、银幕生涯、情感历程、日常喜好、广告代言……逐一介绍。连补白的“小贴士”，也别出心裁地披露了电影《花样年华》里张曼玉所饰苏丽珍的食谱和张宅夏冬两季菜单与所用点心、水果。《花样年华》中的苏丽珍，早餐嗜食香瓜；现实生活中，张曼玉家夏季食用的水果，居首者亦是香瓜，其后依次为桃、梨及杨梅。至于菜肴，影片中的苏丽珍与生活里的张曼玉共同嗜食的仅一味，便是“咸菜毛豆百叶加红椒丝”。

每年暑期，在江淮之间，毛豆大量上市；腌了大半年的经霜雪里蕻，转味后，口感最佳。以黄澄澄的切段雪里蕻与沸水焯过的青嫩毛豆米、百叶丝、红椒丝入油锅同炒翻匀，装盘后，诸色杂陈，爽心悦目；而咸香的口味，正宜于这天气闷热、食欲不振的季节开胃佐餐；同时，腌雪里蕻中所含的盐分，对流汗过多者也恰好作适当的体能补充。《花样年华》中的苏丽珍，迁居香港后，仍常食这款小菜，可理解为不易沪居习惯。而生于香港、长于英伦的张曼玉，也欣赏这味家常菜，最好的解释应该是与其父母均为沪人有关，所谓得之家传渊源吧。

时令稍早的立夏前后，在江淮地区，还有一款名为“咸菜豆瓣汤”的小菜，旧日也十分流行。那是将腌了一冬加一春的雪里蕻洗净、切末，倒入注油热锅内，煸透捞出。取刚上市的新鲜蚕豆，剥出豆瓣，放入盛水锅中，大火烧开。再放入雪里蕻末，继续烧开，则成。家境好的人家，若再往汤里加入些许春笋丝、豆腐，乃至鸡蛋，以当日平民眼光视之，则简直有些奢侈了。值得一提的是，用这道小菜的汤汁泡饭，更是那时贫家孩子的至爱。

留心美食文字者，或许还看过有关“咸菜豆瓣汤”取料的另一个版本。说是俗称“土步鱼”的塘鳢鱼，肉质细美，两边鳃盖骨上各附一块半月形的“蒜子肉”，尤其鲜嫩。以此“蒜子肉”与腌雪里蕻搭配做汤，双美并臻，滋味绝伦。夸耀者说，这是嗜食亦擅食的宋庆龄、叶剑英们用来接待西哈努克亲王等国宾的美味。首先，我愿意相信这是无聊食客的附会之言。设若不幸果为真事，我也坚决认为这是矢志创新的厨师，在探索途中的败笔。

“咸菜豆瓣汤”清淡爽口，本已尽善尽美，可还有人不惮烦劳地寻赝充真，穿凿而行，岂非画蛇添足？梁代诗人王籍的《入若耶溪》诗第三联曰：“蝉噪林逾静，鸟鸣山更幽。”以“噪”衬“静”，取“鸣”托“幽”，素被视作是用声显静，把静景写活的名句。可心雄万夫的王安石却不以为然，欲反其意而出奇趣，在《钟山即事》诗中，吟出了“茅檐相对坐终日，一鸟不鸣山更幽”之句，致诗味荡然无存。黄庭坚讥讽王安石此举为“点金成石”。以塘鳢鱼的“蒜子肉”充豆瓣，来做“咸菜豆瓣汤”的厨子，有的就是一双“点金成石”手。

据说，黄炎培中年时在新加坡海边看到满船活鱼被渔民掏出内脏，蹦跳着死去，感触极深，写了《不忍歌》，并立下素食志愿。他生活俭朴，在上海家宅客厅里，挂着一副自撰对联：“毋忘孤苦出身，看诸儿绕膝相依，已较我少年有福；切莫奢华过甚，听到处向隅而泣，试问你独乐何心。”子女朝夕相对，对联文均能倒背如流。黄家日常饮馔，常取咸菜豆瓣汤、雪里蕻烧豆腐佐餐，以致孩子们一见“咸菜豆瓣汤”登桌，就齐声合唱：“咸菜豆瓣汤，吃了上天堂。”

较之以塘鳢鱼面颊处鲜嫩“蒜子肉”充豆瓣做出的那碗伪“咸菜豆瓣汤”，黄炎培家这碗用真材实料制作的“咸菜豆瓣汤”，可能会被嗜喜奢华者讥为充溢着“蔬笋气”，我却认为它飘出了一缕香播百世的清白门风。

二〇一一年三月十五日凌晨，合肥城南稻香楼畔

牛心与野猪肚

魏晋时，豪门望族似乎对牛心特别宝重，常取来烤着吃，以映衬身份之尊贵——这在《世说新语》中有所体现。

《汰侈》篇中说，王恺畜养一条名叫“八百里驳”的牛，十分喜爱，常把牛蹄、牛角磨得晶莹发亮。王济找王恺赌射技，言明赢则随意处置此牛，负则赔付一千万钱。结果，他赢了，即令随从速取“八百里驳”之心炙烤。很快，烤牛心送上，王济只尝了一小块，就走了。

《汰侈》篇中还记载，王羲之年少时，去拜谒当时名望很大的武城侯、吏部尚书周顗，在众客人中，他居于末座。吃饭时，周顗特意先切一块烤牛心给王羲之吃，于是王羲之出名了。当然，要想清楚了解这个故事，我们还得再交代一些背景知识，王羲之年少时不善言说，在那个将清谈视作品评士人才华高低重要参考，并涌现了孔融、王弼、许询、谢尚等一大批出语隽永、舌灿莲花之早慧少年的时代，他这颗迟熟的果子，自然不受时人待见。但周顗不知是独具睿目，确实发见了王羲之身上深藏的潜质，还是世故老成，顾及王家豪门望族的威势，总之，他将当日宴上的第一块烤牛心赠与了士人眼中默默无闻的王羲之，此为何等巨大的荣誉啊！于是，这位未来的“书圣”顿时声誉鹊起，自此在名士圈中崭露头角。哇，一位名士的诞生只缘于一片烤牛心！于此亦可见证牛心在彼时人们眼中的尊贵。

如众所知，古代诸侯歃血为盟，割牛耳取血，盛牛耳于珠盘，由主盟者执盘，因称主盟者为“执牛耳”。后泛指在某一方面居领导地位。而牛心，除作为名词见诸魏晋文学，还时常出现在中国通俗小说中，用来比喻脾气固执、倔强。如：《红楼梦》第十七回：“众人见宝玉牛心，都怕他讨了没趣。”《儿女英雄传》第二十三回：“太太道：‘老爷看不得咱们那个孩子可有这种牛心的地方儿！’”至于魏晋人为何宝重牛心？实在不知其原因。特在此提出，就教于方家。

值得注意的是，在其他时代与地区，也有这种让后人或外来者看来过分夸大某物作用，而当时人、当地人却深以为然的现象。

诗人陈所巨在世时，曾邀我去其故乡桐城游玩。桐城市西北部有座龙眠山，境内拥有宋代画家李公麟的山庄别业和清朝张英、张廷玉的“父子宰相墓”等文化遗存。清季曾涌现戴名世、方苞、刘大櫆、姚鼐等“桐城派”诸子的桐城，民风重教崇文，陈所巨在当地甚富声名，记得他陪我游龙眠山时，县里一些官员也前来同游。山不高，众人边攀边谈，不知怎么说到山内野猪肆虐，常毁坏农户庄稼，时有山民打死野猪的事情发生。接着，又谈论野猪肉好吃与否。结果，同游的数位当地人都盛赞野猪肚贵重，治胃病绝佳，称一副野猪肚能卖数百元。有名官员还现身说法，言自己因长年公务陪酒，病于胃疾，前不久吃了一副野猪肚，感觉胃痛舒缓许多。

今年夏天，随省作协去浙江桐庐采风，停车休憩时，发现路边有家“野猪肚饭店”。桐庐水碧山青，境内峰绵林茂，宜于鸟兽栖息，自然，亦是生存适应性极强之野猪的绝佳繁衍地。画家叶浅予是桐庐人，去县里为他建造的艺术馆参观，看到他捐赠的反映桐庐习俗的画中，就有表现山民猎获野猪，兴冲冲抬回家场面的作品，可见猎食野猪在此地原是渊源有自。站在“野猪肚饭店”外，向里探了探头，一位中年胖男人立时迎出，和气地问是否吃饭。得悉我们已吃过饭，他并没有取旅游区经营者在此情况下惯用的那种掉头便走的方式，仍满面笑容地与我们闲拉呱。于是，问他为何给饭店起一个如此古怪的店名。胖男人说，野猪这畜生食性极杂，除野草、竹笋、树叶、蘑菇外，举凡蛇、虫、蜈蚣、山鼠等小动物，遇着皆食，但吞下的都是原生态物品，绝无污染。他家饭店开张后，店里售卖菜肴所用的动植物原料，也都是原生态物品，取“野猪肚”作店名，就是告诉顾客店内不仅食材繁多，而且全是绿色食品。问他有无野猪肚售卖。答曰：“有，每副烹好价格在千元左右。”问索价为何如此昂贵，答曰，野猪尝食百物，其中不乏毒性极大的动植物，却从不中毒。比如，它吞食毒蛇后，蛇牙常咬住猪肚内壁，长期经各种中草药浸泡的猪肚，却会在伤口基底生出新肉芽，进而形成瘢痕，于胃表面留下一个“疔”，“疔”越多，野猪肚药用价值就越高。正因野猪肚百毒不侵，故极其金贵。此外，野猪肚内容物芜秽，气味极其难闻，清洗十分不易，且烹饪耗时费事。凡此种种，自然使野猪肚价格不菲。

在桐城、桐庐地区出现的宝重野猪肚现象，当地人虽言之凿凿，于我看来，却不过是民间流行的“吃什么补什么”理论的翻版罢了，并没有多少科学道理。至于魏晋时那些宝重牛心者，着眼点显然不在牛心的实用价值，其心理想必更像前些年流行的民谣“京城四大傻”中所嘲讽的那些“点菜点龙虾”“购物去燕莎”的主儿，追求的是一种“范儿”，或曰“派头”，以赢取精神胜利为目标。

二〇一三年六月十二日下午，合肥城南稻香楼畔

刺　猬

夏初，去肥东马湖乡采风。傍晚，在乡政府食堂用餐，席间上了一碗酱黑色的小块带骨烧肉，中间夹杂细长的红辣椒丝。乡干部用筷子点着碗缘，热情邀请同席者品尝这野味。

“野味?”满桌人目光瞬间都被吸引到了这碗菜上，原来，竟是红烧刺猬。众人好奇地将筷子伸入那只碗内，夹取。我也用箸头夹了一块刺猬肉，仔细打量，这半只火柴盒大的肉当属胸腹部位，光滑、坚硬的那面，应是腹腔内壁；另一面，有层薄薄的瘦肉长在肋排上，表面零星散落着点点白色小肥肉，像冬季荒芜岗地淤存的没有融化的残雪。小心翼翼地品尝这块刺猬肉，筋道，辣而香，但骨头极硬。一块嚼完，可以说，几乎没吃到什么东西。乡干部说，本地为丘陵地貌，周遭多小山，刺猬就在野塍间、灌丛中、溪岸边栖居。乡民走夜路，有时遇着这小东西，它见到电筒光，立即缩成一团，悉数竖起满身硬刺，成了一只“仙人球”。刺猬常偷食农家瓜果，乡民逮住它们，锁进铁丝笼中豢养，供孩子逗玩。有时接连抓住几只，适逢嘴里淡出鸟来，便将它宰杀、烹饪，打个牙祭，用农家话说：“双方也算扯了个平。”

大学时光，一度醉心阅读中国现代文学史上的“新感觉派”小说，尤其迷恋这流派的历史题材作品，先读了施蛰存的《鸠摩罗什》《将军底头》《石秀》《阿襤公主》和《李师师》。瘾头没尽，复去追寻此流派的东瀛系列——横光利一的历史题材中篇小说《太阳》和短篇小说《拿破仑和顽癣》。阅毕，见评论文章说，此两部小说俱受益于福楼拜的长篇小说《萨朗波》，于是，再前往图书馆，查找、借阅《萨朗波》。读后，至今未忘的，是该小说第一章《盛大的宴会》中，迦太基议会在城郊梅加拉地区阿米尔卡的花园里举办筵席，款待从各国招募的雇佣军。餐桌上，撒了茴香的面包同重过铁饼的大奶酪交错排列着；盛满酒的双耳爵，盛满水的双耳金属杯，放在摆满鲜花的金丝细工篮子旁边。接着，上了盛在黑色凸花陶盆里的绿酱雀肉；从迦太基海岸收集的各种各类蚌蛤；有小麦糊、蚕豆羹和大麦糊；盛在黄琥珀盆子里，加上小茴香作调味的蜗牛；有带角的羚羊，带羽毛的孔雀，用甜酒煮的全羊，母骆驼和水牛的后腿，油炸蝉子和油浸山鼠；锡兰大木盘里盛着大块大块的油脂，漂浮在藏红花调味粉当中；这些菜肴全都被卤汁、块菰、阿魏淹没，只露出头来；堆成金字塔形的水果倒坍下来，压着了蜜糖糕点；就连迦太基人视为美味佳肴，别的民族则嫌恶不敢进食的用橄榄渣喂肥的大肚子、毛色粉红小狗，也被端上了席……自然，在这些珍肴中，还有一道令人咋舌的菜，那便是：鱼露腌刺猬。在乡间食红烧刺猬那一刻，我立时想起了《萨朗波》中记述的这道迦太基名菜，并结合自己味觉感受，于心中暗忖这鱼露腌刺猬是否好吃。

《萨朗波》选择公元前三世纪迦太基发生的雇佣兵和民众起义事件做小说题材，有人称其是带有史诗气质的“现实主义作品”。福楼拜创作态度向来严谨，其小说素以对细节描写的细腻、真实著称。创作《萨朗波》时，福楼拜为了呈现出客观、翔实的历史，曾特意去北非迦太基旧址考察，寻访遗迹，参观布匿的艺术废墟，凭吊当时事件发生的旧址，查阅了古代和现代有关书籍一千五百卷左右，前后花费五载光阴，方撰竣全书。《萨朗波》用字考究，下语有据，上面记述的那些美馔名肴，之所以令人难忘，略加梳理归纳，想来不外乎或基于食材奇异，如：雀肉、蜗牛、蝉子、山鼠、刺猬、大肚子毛色粉红小狗；或因为食材动物饲养方式特别，如：用橄榄渣喂肥；或缘于烹饪手段别致，如：绿酱、加上小茴香作调味、甜酒煮、鱼露腌、油浸；或在于盛放菜肴器皿的精美，如：黑色凸花陶盆、黄琥珀盆子、锡兰大木盘……从而引发读者，尤其是引发了距离迦太基遗址路程遥远的中国读者之由衷兴趣。刺猬是肯定能用鱼露腌的，只要读者读来觉得兴趣盎然，作者创作目的便已如愿以偿。至于这鱼露腌刺猬是否好吃，反倒显得不重要了。

在《红楼梦》里，曹雪芹记写了众多美食，描述得最为翔实的一道菜，当数茄鲞（有正本作“茄胙”，八十回校本从之，其他各本大都作“茄鲞”。——作者注）。“红学家”们花费大量心思与笔墨，试图解析并复制此菜，其求真态度固然可嘉，其思路偏颇则不免令人发嗤，真的感觉是在枉抛精力。优秀作者创作小说，是希冀通过合情合理的想象，摹写出意趣生动、引人入胜的情节来——曹雪芹的志向是创作一部优秀小说，而不是编纂一部丰富的菜谱。俞平伯晚年为文也谈及茄胙、茄鲞这个话题，旁征博引、条分缕析，虽殚精竭虑，但起首一段话，倒真是通脱至极，却又合乎文学规律。他说："小说上的食品不必真能吃，针线也不必真做，亦只点缀家常，捃摭豪华耳。话虽如此，……若切近事实，自然更好。"

"不与照相机争功。"是的，高妙的文学作品，绝不会满足于简单复制生活。

一九九九年六月二十一日凌晨，合肥城南罗小店

英　雄

秋天，真是个美妙的季节。在江淮地区，这个季节极短，却天空澄净，气温宜人，金桂飘香，果蔬丰盛。尤其值得称道的是，“秋风响，蟹脚痒”，黄满膏肥的螃蟹也适时上市了，给老饕们送来一道时令美味。

再忙也不能不吃螃蟹，此种心态，从位于菜市水产区蟹铺前的人头攒动，不难窥探到几分。今年，中秋节和国庆节同日，政府规定放八天长假。趁着休闲在家，时间充裕，连吃了几次螃蟹。每天傍晚，先将买来的新姜刮皮，剁成细末，盛在碗中，倒入镇江香醋浸泡，并掺加少许绵白糖，拌匀。再把洗净的蟹，取白棉绳捆好，放到屉上，蒸熟。揭开锅盖，自热雾蒸腾的屉上抓出一匹壮硕的尖脐，趁热掰下两只毛茸茸的大螯，小心翼翼地咬开，掏出里面的充盈嫩玉，将两根连着脆薄硬骨的螃蟹活动钳的绒毛拼粘在一起，一只黑白分明的“蟹蝴蝶”便诞生了。年少时，家里食蟹，我和妹妹总抢着将长辈们丢置在桌上的蟹钳做成“蟹蝴蝶”，粘贴在墙上或窗玻璃上。“蟹蝴蝶”会在那里栖伏很长时日，以至颜色变得黄旧了，仍不脱落下来。当日孩童，如今已年过半百，虽不失童趣地依旧完结了这道食蟹仪式，却再不会淘气地拿着“蟹蝴蝶”，向家里的墙面、窗上乱贴了。于是，把“蟹蝴蝶”放在桌上，作欣赏物。然后，细心剔剥整蟹，将挑出的肉、黄、膏，浸入醋泡姜末蘸食，细细咀嚼，真是滋味悠长啊。每餐，我惯食一尖一团两只螃蟹。蟹属寒性，多食不可。但尖、团同吃，除可尝食细嫩的蟹肉，还能品味到雌蟹的鲜香脂黄，同时享受雄蟹的粘腴膏白，堪称美美与共，断不能再作减省。食后，用蟹铺老板附赠的芫荽，加凉茶水洗手，腥气尽去。这时，煮上一锅手擀面条，取预先备好的新鲜黄牛肉丝和红椒丝爆炒，多撒上一些白胡椒粉，家里每人盛上一碗面条，以爆炒双丝作浇头，盖在面上，热气腾腾地吃下，额头沁出了晶晶汗珠，让人无法不沉浸乃至陶醉在小康生活的庸常满足中。

于是漫想，国人忠厚，知恩图报，素有为现实或传说中泽被民众、推动社会繁荣进步者立祠祭祀的习惯。即以饮馔业而言，在民间，油坊、醋坊、挂面匠等，都各祭有主。为纪念明朝福建长乐人陈振龙引进薯种和时任福建巡抚金学曾推广番薯种植，满足了世人果腹之功绩，闽人曾在境内兴建“报功祠”“先薯祠”“先薯亭”。中华人民共和国成立后，政府还对福州乌石山间的“先薯亭”重作修复。而这发现螃蟹美味者，文字记载竟可追溯到周天子时，具体姓名虽无法确定，但其对人类口腹享受范畴的拓展与食材质量的提升，实在是厥功至伟，端的应当享受后人的香火供奉。

记得在《梦溪笔谈》卷二十五《杂志二》中，载有《关中无螃蟹》条，曰：

关中无螃蟹。元丰中，予在陕西，闻秦州人家收得一干蟹。土人怖其形状，以为怪物。每人家有病疟者，则借去挂门户上，往往遂差。不但人不识，鬼亦不识也。

作者沈括是杭州钱塘（今浙江杭州）人，故里素有食蟹传统，他对螃蟹的功用自然不会陌生，所以，在客观记录关中地区风情之后，复以调侃口吻，表明了自己对这风情的评判。同为浙人的鲁迅，则直言称道："第一次吃螃蟹的人是很可佩服的，不是勇士谁敢去吃它呢？……像这种人我们当极端感谢的。"凭常识，虽亦理解此语之不诬，但终属抽象得之。若知悉宋朝时，在祖国西北的关中地区，人们尚遣派这形状可怖的"怪物"，去承担千余年后屠呦呦发现的"青蒿素"那独特的医疗作用，则无疑会倍加认识到这首位食蟹者行为的英勇，并赞同我对其立祠以祀的提议。

自然，这只是闲话，留待后言吧。好日子总嫌过得太快，一晃，便秋去冬来了。当务之急，是抓紧时间多剥食几只螃蟹，不要辜负这个季节，不要辜负我们的口腹。

二〇二〇年十月三日凌晨，食蟹之后，合肥城南稻香楼畔

葱　蒜

将这两种食材放一起来谈，是取“孟不离焦，焦不离孟”之意。菜中葱蒜，确如戏曲舞台上的孟良与焦赞，总是相跟相随，联系紧密。在居家过日子人的口头或文人的笔端，常喜把葱蒜并提。前者，于生活中，自可感受到；后者，读书时稍加留心，亦不难发见。位列“扬州八怪”之首的金冬心，就留有两句题墨兰诗：“苦被春风勾引出，和葱和蒜卖街头”。盖冬心自视颇高，觉得自己不为世所用，镇日只能与庸碌辈为伍，故有此牢骚语。诗中，其以兰自诩，而将葱蒜并列，喻碌碌无为之人，如此设譬，与其生于余杭，长住扬州，虽数游北地，一生大多数时间却生活在将葱蒜视为调味品的南方，意识里固不以葱蒜为贵有关。当然，须说明一下的是，国人日常言葱，北方人说的多是大葱，而南方人说的则多指香葱，即北方人所谓“小葱”是也。

在北方人眼中，葱蒜地位明显颇为尊贵。蜚声中外食客之口的“北京烤鸭”，其佐食要料之一，便是大葱葱白。鲁菜有一款传统佳肴“葱烧海参”，取山东半岛北临之渤海湾所产刺参，配以有“葱王”美誉的章丘大葱制成，我在济南享用过，端的是糯烂滑爽，葱香四溢。如果说，葱在这两处使用，较调味品地位虽有所提升，却仍是辅料身份。那么，山东人食嗜生辣，在民间，大葱、蒜头生食几为常例，谚云：“喝酒伴大葱，一盅顶两盅”，则是将葱，可想而知，也包括蒜，不折不扣地推到了主菜地位。另外，在“煎饼卷大葱”这款鲁地传统名吃中，大葱显然也是担当主菜角色。在西北，吃宁夏著名的清真食品老毛手抓羊肉，当地人爱说：“吃肉不吃蒜，味道减一半。”两次去宁夏，接待方都在老毛手抓店赏宴，进入餐厅，环视各桌，除摆有一盘盘肥嫩鲜美的手抓羊肉，果然还例配一碗白皙壮实的老蒜头，满堂老饕边啃羊肉，边嚼大蒜，津津有味。

而大蒜在北地用途之广，南方人也实在无法想象。明崇祯时太学生杜濬所著《变雅堂集》，内存《竹枝词》十八首，描述明季北京社会生活状态，其写北妓之著皮袴并嗜大蒜云：

> 茅檐灰壁挂琵琶，皮袴高盘炕上挝，
> 却说客来休见怪，竟无新蒜点香茶。

北京人嗜饮“香片”，即薰香茶，这从老舍、张恨水写老北京的小说中，俱已见识。但当地人还曾以蒜点佐饮茶，并以新蒜为贵，此种风俗尚是首度闻知，实在不免少见多怪。

“李杜诗篇万古传，至今已觉不新鲜。江山代有才人出，各领风骚数百年。”出自清人赵瓯北笔下这诗句，气格高昂，襟怀阔大，何等神青俊秀！赵是江苏阳湖（今江苏省常州市）人，可能平素缺乏吃大葱大蒜的习惯，去北方途中，乍闻葱蒜味，不适应是自然的。可他却在《旅店题壁》诗中说："汗浆迸出葱蒜汁，其气臭如牛马粪。"对自己无法接受的食品与气味，竟如此丑语鞭挞，既失礼，亦显得胸次狭窄。当然，他这首类似"大字报"的小诗，尚有一点可取，即劝诫嗜食葱蒜者，去公共场合前，务必消除口腔异味——这是文明社会不可忽略的礼仪细节。

从口味上看，今日南人对葱蒜的包容，乃至认可，已雄阔得多。进粤菜馆用餐，蒜茸蒸蛏子、蒜茸蒸鲍鱼、蒜茸蒸基围虾，是极寻常的佐酒海鲜；蒜香骨，啃起来香嫩多味；而那饶富盛名的避风塘炒蟹，炒制时，也少不了大量蒜粒作佐料。此外，取葱蒜为重要配料制作的菜肴，南方也在在可见。去温州参加晚报协会活动，在酒楼吃过一款地方名菜"蒜子鱼皮"，将鲨鱼皮干制品水发好，切成条块状，加大蒜瓣烹制，汁浓红亮的鱼皮吃在嘴里，软糯入味，蒜瓣酥烂，蒜香浓郁，味道鲜美。最令人惊诧的是，蒸、炸、炒食葱蒜犹不尽兴，直接生食者亦已有之。妻携小女去台湾旅游，回来说吃到一种路边名小吃："烧香肠"。吃时，须夹一粒生大蒜籽，而趋者若鹜。妻女游宝岛，是从南京参团出境的，同行团员多为苏人，嚼食"烧香肠"均津津有味，可见苏人对蒜的包容度，已远比前辈乡党赵瓯北宽广。至于台岛，更是典型的祖国南方，现有居民主要是福建、广东两省移民的后代，"烧香肠"竟能在岛上流行，遂成为名小吃，我们据此起码可说，以闽粤子弟为主的一部分南人，对这辛辣、有刺激性气味的"大蒜头”，已逐渐接受。

二〇一二年二月二十二日凌晨，合肥城南稻香楼畔

第二辑 马铃薯也有春天

新春话种瓜

新春里，点阅微信公众号“国史馆”推送的《丰子恺漫画100幅：人间有味是清欢》，依稀时光倒流，又回到了蒙童时代，感觉空气中亦布满晶莹透亮的童心。

印象最深的是其中两幅与瓜关联的图画：

一幅是墙脚旁，两个儿童在刨土劳作，一红衣稚童扶竿旁观。远处，有一着水红衣衫、黑裤的女童，拎着满盛水的桶走来。图的左上角题词为：“儿童未解供耕织，也傍墙阴学种瓜。”可知，作者所画为儿童种瓜场景。丰子恺漫画之跋，多为自拟，亦有直接摘录古人诗词句，或改易古诗词数字而题。此幅是将南宋诗人范成大的名句：“童孙未解供耕织，也傍桑阴学种瓜”，略作改动后，作画跋题写的。至于这孩童种的是西瓜、南瓜，还是黄瓜什么的，则不清楚。总之，是瓜而已。

另一幅是芳草离离的垄间，两个孩子在艰难而欣喜地抬运一只大西瓜。在他们身后，一红衣女孩则两手各托一只小西瓜，怡然相随。天空中，三只俗称“红辣椒”的蜻蜓正追逐孩童，翩跹起舞。画的右上角，除题有“种瓜得瓜”四字外，还以小字书下了“朗度先生清供 子恺画”，显系赠人之作。值得一提的是，前面抬瓜男童的脖子上，系有一条红领巾，可见是一九四九年后画的。

“种瓜得瓜，种豆得豆。”是胡适之喜欢为人题写的一副集句联的上联。他同时嗜选另两句俗语补作下联，之一为：“靠水吃水，靠山吃山。”之二为：“跟好学好，跟衰学衰。”“我的朋友胡适之”擅结人缘，庸常应酬中，这样的对联题写得想必不少，我在展览馆里或书画拍卖会上，都看到过。有时，他还将这联语书写在大红洒金宣纸上，更显得平实、热闹、世俗，一如其人。

世间也有高才，以“种瓜得瓜”此般俗语作基础，略加点缀，便演绎出别番意蕴来。女儿上幼儿园小班时，晚上回家，总给我背新学的儿歌。印象深刻的有两首，一首是：“小螃蟹，吹口哨，没有声音光起泡。”从童心视角，用拟人笔调，直接勾勒，神形毕肖。另一首则与现在说的主题有关：“种瓜得甜瓜，种梨得香梨。我种下巧克力，却得了一群小蚂蚁。”犹记我当时听得，眼睛一亮，对这儿歌作者不禁佩服万分，直觉是邂逅李长吉、黄山谷了，不然，如何能写出如此鬼斧神工、奇崛清丽、意味悠长的文字来？

正月初五，传说是“路头财神”生日。在南方，民间是日素有“迎财神”风俗，祈利求财心切者，天未亮便焚香点烛，开门纳神，俗称“接路头”。恰似清人蔡云所言：“提防别处迎神早，隔夜匆匆抢路头。”昨晚起，邑内“迎财神”

的鞭炮声便连绵不绝。读新闻更知，湖北武汉今日有数十万人赴归元寺排队敬拜财神爷。“小楼容我静，大地任人忙。”镇日躲在家中读书，晚饭后，濡墨舒纸，得此数行。明日投往报社，若有幸易得二三十元，则可去刘鸿盛点一碗冬菇鸡饺、两只萝卜丝鲜肉烧饼，快活享用早餐，亦算接一财神。

二〇一七年二月一日晚，合肥城南稻香楼畔。

黄　瓜

清末梁溪坐观老人撰著的《清代野记》中，桐城文士方朝觐是个运数不佳、饶富故事的人物。其中《蠢仆食黄瓜》条，尤令人捧腹，好在此段文字不长，姑抄录如下，供读者一粲——

方朝觐之会试也，往往年内即至京。一年丑月间，偶往前门买用物，携仆行。日已晡，觉腹馁，遂入一小肆购食，并命仆亦另坐食之。且诫之曰："尔勿乱要菜，京师物价昂，不似家乡也。"仆曰："知之。"及食毕，给直，肆伙曰："内外共五十吊零。"方大诧曰："尔欺我耶！"伙曰："不敢欺，爷所食不足十吊，余皆贵价食也。"方大怒，呼仆至责之。仆曰："可怜可怜，我怕老爷多花钱，连荤腥都不敢吃，只吃了四小盘黄瓜而已。"方曰："尔知京师正月黄瓜何价？"仆曰："至多不过三文一条可矣。"伙曰："此夏日之价也，若正月间则一碟须京钱十吊，合外省制钱一千也。"仆张口伸舌不敢言，呵呵从主人而出。

本文在时间表述上，沿用了“殷正建丑”说。据古文献记载，商代以丑月为岁首，即：殷历正月是夏历十二月。这时是北地滴水成冰的季节，黄瓜无法于野外自然生长，人尽知之。京都这爿小肆偏有新鲜黄瓜酬客，是从岭南运来的，还是从路途距京城更为遥远的海南运来的；抑或如今日的“大棚菜”那样，是在特殊的人造环境中培育生成的……不得而知，但这“反季节黄瓜”在当日京城之珍贵，则是无疑的。而蠢仆不知，酿出笑剧自是难免。

其实，岂仅是当年的“反季节黄瓜”索价不菲，即便是今日的“应时黄瓜”，有时价格亦令人大跌眼镜。犹记得去年夏季在合肥古井假日酒店就餐，那个中午，这座偌大的四星级酒店七楼中餐厅内，仅我们这一个包厢上客，其余包厢和大厅皆空空荡荡。点菜时，同席一女士畏发福，“连荤腥都不敢吃”，坚称只需要一杯黄瓜汁，并笑对主人言说此举是为他省钱。主尊客意，专为她点了一扎黄瓜汁，服务生很快端来：一只质地水晶般纯白、容积约七百五十毫升的玻璃钵里，满盛着稠稠绿汁，清气四溢。餐毕埋单，仅这一扎黄瓜汁索价便达七十五元。该女士咋舌之余，复言，当日市面上黄瓜零售价一公斤仅需六角钱——也就是说，她饮下的这一扎黄瓜汁，价格相当于菜市上一百二十五公斤黄瓜的售价。而若以一公斤黄瓜约略六条来计算，她这个中午则差不多食下七百五十条黄瓜。嘀，用筐子来装这些黄瓜，大约也是沉沉的两担吧。

二〇〇三年七月一日夜，合肥城南罗小店

新　菱

壬午年立秋第二日，傍晚下班后归家，路经中菜市口，见一农妇正在卖新菱，殷红艳丽，满篮鲜嫩，煞是喜人，便买了两斤。

想到朋友唐大柱嗜绘工笔花卉，除花草外，举凡辣椒、苞米、柿子等田园蔬果，一一撷来入画，无不活灵活现。我们住得很近，他平日每有画成，辄邀我观赏，印象中，在他的画里，独于红菱尚未一瞻，复又多买了两斤。从大柱家楼下过时，给他送上，言明是供写生的，憨厚的大柱兴奋不已。

回到家中，妻将红菱洗净，嫩的装盘，老的放入锅中加水略煮。饭后，将生熟两盘菱角都端到凉台上，我和妻女沐着初秋清凉的晚风，品赏着清朗夜空中的一轮新月，边吃边聊。在我的记忆中，菱角在江南是到处可见的。幼时随母亲下放到皖南广德时，当地池塘沟汊众多，许多水面被成片成片的菱叶覆盖；和农民乘着枣核形小舟，夏秋时节，游于水面，随手抓起一簇菱叶，翻过来，便会发现在菱叶下结着数只水淋淋的菱角。那里不仅菱角数量多，种类亦复不少，有元宝形的两角菱角，有小马状的四角菱角，有的能长得很大，亦有极小就已成熟的……而在我长期生活的合肥地区，大约是水面少的缘故，郊县农村的菱角似乎也比江南水乡少得多；在城中，更是极少见到它的踪影。因此，当我给妻女说起当年在江南采菱的故事时，她们听得新奇不已，问这问那……叙谈中，一家三人都在精神上作了一趟江南游。

隔日中午，刚到家，便见客厅的墙上挂着一幅工笔斗方：一只质地雪玉般白洁，外绘青花图案的高足瓷盘里，满盛着鲜灵的红菱，背衬两张翠碧的荷叶和数只丰盈的莲蓬，像是刚从池塘采撷来的，画幅中似乎都能嗅到清凉微腥的水味。画上的题词也十分清雅："菱荷乱浮泛，水竹涵虚旷。清风满谈席，明月临歌舫。壬午初秋，王晖兄雅赠鲜菱，沐手临之，并摘题欧阳修《答梅圣俞见寄》回报，唐大柱画并记。"听妻说，画是大柱刚才送来并挂上的，留他吃饭，可他坚辞而去。

说起菱角，在水国的众多植物中，它无疑属于小小不起眼的一种，可是，古往今来，文人画师与它却极其投缘。清李鱓、黄慎、虚谷、蒲华和当代唐云、郑乃珧等丹青妙手都喜以画笔为菱角造像；唐白居易、李益、王建、崔国辅和宋欧阳修、苏轼、周邦彦等骚人墨客题诗填词时，也都屡屡吟及菱角。而明李日华在《味水轩日记》卷二中所记的旅途窃菱一事，则尤为有趣——

九月九日，由谢村取余杭道，曲溪浅渚，被水皆菱角，有深浅红及惨碧三色，舟行掬手可取而不设塍堑，僻地俗淳此亦可见。余坐篷底阅所携《康乐集》，遇一秀句则引一酹，酒渴思解，奴子康素工掠食，偶命之，甚资咀嚼。平生耻为不义，此其愧心者也。

虽然结尾两句画蛇添足，力表方正，反失生气，徒让人感到迂腐外，前面的文章写得真是活色生香，饶有情致。

我无缘生长在山清水秀的江南，即使将跟随母亲在广德乡下待的日子与历次去江南各地旅游的日子加起来，在那里逗留的时间也没有超过两载。现在，有了大柱这幅《红菱图》做伴，我虽身居江北的闹市高楼，也能时时感受到水乡泽国的泠风了。

二〇〇二年八月十七日夜，合肥市梨花巷

路　菇

这次去香港，吃了一种从未吃过的水果——路菇。

那天晚上，我和朋友去九龙湾国际展贸中心参加“第三十五届十大中文金曲颁奖音乐会”，活动结束，车子送我们回到位于尖沙咀的住宿地粤海酒店。虽是夜间十一时光景，街头却店门尽开，灯亮如昼，人流如织，车流如梭。于是，我们商议去逛逛街，采购一些物品。

走到一条弄堂口，就看见了这个卖水果摊点，守摊者是位个子略高的精瘦老人，他将水果沿弄堂墙根一字摆开，叉腰站在摊旁。逐一看去，在众多水果中，我发现有种包在白纸内，皮呈黄色，外形似龙眼，也如龙眼般成串生长的水果，从没见过。

我问这种水果叫什么名字，老人用粤语回答了一个词。见我们听得不甚了了，他放慢语速，又耐心地说了一遍：“‘道路’的‘路’，‘蘑菇’的‘菇’，路菇。”

哈，大路上生长的蘑菇，我和朋友一起笑着嚷出来。见我们听懂了，老人继续用粤语慢慢地解释：“书上叫黄皮。是从泰国运来的，生长在野地，很好吃的，还清火通便。”

水果总能轻易撩起人的兴致，何况，又是一种从未见过的水果，既遇到，当然不应错过。我付了五十元港币，买了两磅。考虑还要去购物，我和朋友决定就在摊旁吃完这捧路菇。

守摊老人从摊下取出一只盛放水果的脸盆，拿走里面的果子，将脸盆递给我们。摊旁就有一只水龙头，朋友将脸盆洗净，把白纸袋撕开，拎出路菇，置于盆里，放水冲洗。立即，我们发现水面有许多黑色小点在蠕动，再仔细一看，原来是许多小蚂蚁——它们是泰籍，还是港籍，无法确定。但显而易见，这种水果很吸引昆虫。不过，又有几种水果不吸引昆虫呢？朋友洗得更细心，几乎将每粒果实，甚至，连缀结果实的每条细枝都洗到了。接连换了几盆水，似乎可以确定果实上再没有一只蚂蚁趴附，他将盆中水沥尽，我们各摘下一粒鸽子蛋大小的路菇，在老人指导下，撕去黄色果皮，发现里面有一丸白色果肉，送入嘴里，清爽、酸甜、滑腻，口感极像山竹。而果子分泌的汁，很黏，以致剥食几只后，手指竟有一种不易分开的感觉。

老人为我和朋友取来两只小马扎，我俩坐在弄堂口，沐浴着五光十色变幻着的霓虹灯光，边剥食路菇，边看着眼前马路上过往的车与人行道上来去的人，观赏着夜香港繁忙、嘈杂的景象……

两磅路菇，虽与朋友一起分享，而我吃的实在多些。但得不好意思地补赘一笔，隔日，我却便秘了——在我的生活中，这现象极少出现。

于是，在宾馆里，我启动手机“百度”效能，先查“路菇”，估计这是个方言词语，没寻得结果。再输入“黄皮”，立即出现大量图文信息，撮要如下：也称油皮、油梅、鸡皮果、黄淡、黄批、黄弹子、王坛子。是海南特产水果，除鲜食外，尚可盐渍或糖渍成凉果。叶、果及果核都可入药，具有消食健胃、理气健脾、行气止痛等功效，俗有“饥食荔枝，饱食黄皮果”之说。

现在，记下这则旅港琐历，只想说明，摊主说黄皮好吃，已足够了，而且真实；可他非要补上一句“通便”，偏即刻遇上我这个特例。虽然，一则特例不足以证明某种适用于大多数人效用的虚妄，但指责他这句话是“画蛇添足”的赘言，当不为过。

二〇一三年一月二十一日夜，香港九龙区尖沙咀宝勒巷十八号粤海酒店

“唱龙眼”与“净身”

清初文化名人周亮工根据在福建为官八载的见闻，写了一部有意思的社会文化史著作《闽小纪》，着重记录闽地风土、物产、风俗、人物。

其中有一则《唱龙眼》，甚为有趣，现录文于后：

> 龙眼枝甚柔脆，熟时赁惯手登采。恐其恣啖，与约曰：“歌勿辍，辍则弗给值。”树叶扶疏，人坐绿荫中，高低断续，喁喁弗已。远听之，颇足娱耳。土人谓之“唱龙眼”。

龙眼是我国南方一味特产美果，福建虽为国内龙眼主要产区，但过去可能种植少，产量有限，也显得颇珍贵。而龙眼树的枝条又特别柔脆，非攀枝能手不易上树采撷果实。于是，雇工摘果又惧其偷食的龙眼树主遂想出一绝招，要求雇工在树上采果时，需不停地歌唱，如果息声停唱，则不偿付工钱。至于原因，也极易明晓，若摘果者在偷嘴时歌唱，那圆圆的龙眼极有可能连肉带核滚过喉头，掉入气管，后果是很不妙的。正是有了这样一重契约，逢龙眼成熟季节，闽地龙眼产区就出现了如此景象——从一株株绿荫婆娑的龙眼树中，总不断飘出一串串时高时低、欲停还续的歌声，彼唱此应，“喁喁弗已”。当地人都明白这是树上的摘果者在遵约行事，并把这种现象称作“唱龙眼”。估计这摘果能手哼唱的一定是地方小调吧，遥想在那旷野山冈，凡有龙眼树的地方，都流播着这蛮声蛮韵的村腔野调，那是多么奇特的场面呀！所以，极擅从平凡生活小事中发现人生情趣的周亮工，给这种现象下了一个评语：“远听之，颇足娱耳。”

许是胸间缺乏风雅底蕴，于“唱龙眼”这样的习俗里，我感觉不到丝毫可爱、有趣的内容，却不由自主地联想起中国历史上那极残忍的宦官制度来。如众所知，宦官系被阉割去势，即所谓“净身”后，专在宫廷内侍奉皇帝及其家族的男人，亦称寺人、阉（奄）人、阉宦、宦者、中官、内官、内臣、内侍或内监。因明代最高一级宦官为太监，故明清泛称宦官为太监，今日俗称多沿袭之。据说，男人一朝去势，再没有性欲。于是，后宫中这些可怜的特殊佣人们虽然时时面对着皇家成群扎堆的如花美眷，却心如止水，只能孜孜执役，于水流花谢中消度年华，而无法做出点滴有损皇家尊严的不尴不尬事来。

“唱龙眼”的意图，是让人身处美果丛中而难动食念；“净身”之目的，则是要人置身脂粉堆里而不生情心。稍加留意，由人类挖空心思设计的诸如此类的治人方式，不胜枚举。

二〇〇三年十一月八日晚，合肥城南罗小店

予故以龙目呼之

阅读记述张学良岁暮景况的文字，从附图看到张少帅在台北寓所的壁间，挂有配框扇画镜片，可见他确实是喜欢扇面书画的。

二十世纪九十年代中期，世界古物拍卖巨头——英国苏富比拍卖公司在台北举办了“定远斋藏书画专场拍卖会”，这“定远斋”主人就是张少帅。那次拍卖会推出张收藏的近五百幅扇面书画和四十余把成扇，基本囊括了明清知名书画家的佳作，竟全部高价位拍出。我有幸看过采撷其中部分精品翻印的图录，王友石的一幅水墨金笺扇面《桐荫品茶》，意态闲适，古趣盎然；伊秉绶的一帧水墨纸本扇面《墨梅》，孤清冷艳，满纸寒香；程庭鹭的一柄设色金笺成扇《秋林话旧》，野老情怀，宁静超逸——俱可称叹为观止之作。而当时每把竟拍出折合人民币几达二十万元之昂的仇十洲两把设色金笺成扇：《高士驾鹿》和《崔张泣别》，更以构图生动，运笔细致，令观者目眩意乱，爱得心碎。

与画家们惨淡经营的长卷大轴相比，扇面书画属文人雅士抒情遣兴的小品，或被遗赠戚旧，或被付诸市廛，由于写于优游酬酢之中，成于率尔不拘之时，创作中减少了藉以猎名证誉的心理压力，作品反而时出新异，愈显人文亲和力。欣赏扇面作品，我特别醉心那尺幅间的题字，并固执地认为其中更能透出作者的才情、趣味和品性。

白石翁画好，书亦佳，兴来在画面空白处疾走数行，尤为有趣。记得他有一帧设色纸本扇面，淡青色的玉盘里，卧放着一大串刚摘下的葡萄，累累实实，晶莹圆润，紫颜欲滴。沿扇面上缘题了一行字："龙目。龙眼不如葡萄之似，予故以龙目呼之，此自予始。白石。"——烂漫天真，争强好胜之情态跃然纸间。画葡萄之类的藤科植物，原是花鸟画家的看家本领，吴昌硕、王雪涛、唐云都是个中里手，白石翁这幅画似乎亦无特别超逸同道的同题作品而额外值得称誉的地方。但添上这一小段十分个性化的释名解意文字，俭省的画面立时就显得饱满丰富，情趣扑面了。所以，一见之后，最是难忘，每听人论及齐白石画、扇面画或葡萄画，总是首先想起它，铭心如此，也真应了白石翁的"予故以龙目呼之"。品评中国书画，最看重的便是那线条笔墨营构成的作品间蕴蓄的文化积淀和人生情味，这幅《龙目》，就正好不缺乏这些美学因素——匠人终成百世师，一技而为天下誉，白石翁岂属偶然？

与溥心畲一时颉颃，并称"南吴北溥"的姑苏吴湖帆，作山水将水墨烘染与青绿设色熔铸一体，以精巧工丽而又苍郁雄肆独步一时；书法初从董香光，继习宋宣和，再学米南宫，行楷骨态并美，雍容大度。看过一个吴笔楷书扇面，录的是《史记·屈原贾生列传》的开篇，自右至左，凡十三行六十二字，以长行每行七字，短行每行两字，最后一行八字的章法布局：“屈原者，名平，楚之同姓也。为楚怀王左徒。博闻强志，明于治乱，娴于辞令。入则与王图议国事，以出号令；出则接遇宾客，应对诸侯。王甚任之。上官大夫与之同列……”尽管原文至此并未尽段，但吴湖帆却戛然止笔，跟着补上“赓笙先生雅正”“辛未吴湖帆”两行款，尾缀一朵鲜红印花，一幅精美的书法扇面作品便完成了。赏阅这盈尺墨宝，那舒缓有致、收放自如的仪态，恰似苏子瞻在《答谢民师书》中称道其诗文之美那样：“大略如行云流水，初无定质，但常行于所当行，常止于所不可不止，文理自然，姿态横生。”吴湖帆冰雪聪明，知道人们希冀从这张扇面上看到的是自己的书法趣味，而不是一段古文，哪怕那是太史公的文字。

至于曾为冯玉祥西北军属员的简又文，二十世纪三十年代中期在上海办文史半月刊《逸经》时，一次去南京，孔祥熙交一扇面托他转请冯玉祥书写。孰料，冯写毕交简时，简却见扇面上录的是《水浒》中“白日鼠”白胜在黄泥冈上劫生辰纲时唱的歌：“赤日炎炎似火烧，野田禾稻半枯焦。农夫心内如汤煮，公子王孙把扇摇。”居然还有落款，上款为：“庸之部长雅正”，下款是：“冯玉祥书”，以至简又文竟踌躇得不知如何将扇面交给孔祥熙。孔、冯原非同道之人，孔偏于交际中使用这拙劣的“扇面求书”手段，获辱实属咎由自取。只是话又说回来，若非冯玉祥这般狷介之士，谁又会行此痛快淋漓之举呢？

二〇〇二年十二月十五日傍晚，合肥城南罗小店

左太冲

中秋、国庆双节期间，收到砀山朋友寄来的匣装酥梨，削食一只，肉酥汁黏，甜香满口。

砀山素有“梨都”之称，境内梨园连片，约占全县耕地面积百分之五十。梨花盛开时节，去过砀山看花。立在观景楼上，极目望去，四野皆是梨树，树树花放，无边缟白。穿行梨园，周遭枝干古虬，繁花缀满枝头，微风轻拂，碎瓣乱舞，恰似雪花飘飘。闻当地人语，县内梨年产量达三亿公斤左右。

打电话向朋友致谢。朋友实诚，歉疚地说，今年梨子挂果时辰，雨天长，成熟的梨，身上多带黑斑。寄的这梨，是找熟悉的果农逐个挑选的，皮上没黑斑，可吃口感觉还是够不上佳年平常果子品质。于是，朋友感慨，科技发达了，吃果靠天的运命，仍难逆转。最后，他竟略显无奈地劝解起我来，说，将就尝个鲜吧。

朋友的话，提醒了我，好奇地从匣中取出几只梨来，放在桌上，细加端详。这一只只果子，头尖肚圆，外表黄亮，虽无黑斑，遍体却布满麻点，滋味固然丰富，模样实在称不上俊俏。

古人称桂圆为龙眼。白石老人较真，认为葡萄更像龙眼。特于扇面上画一只淡青色玉盘，在盘里卧放一大串紫颜欲滴的葡萄，并沿扇面上缘题字固执辩白："龙目。龙眼不如葡萄之似，予故以龙目呼之，此自予始。白石。"

《红楼梦》中，贾府门下清客相公均性格鄙陋，举止猥琐，言语无味，名字也必含贬义。对曹雪芹笔下的这层寓意，脂砚斋在批语中曾着力予以阐释。如：詹光，甲戌侧批："妙！盖沾光之意。"单聘仁，甲戌侧批："更妙！盖善于骗人之意。"唯不知何故，对于一眼可识蓄含讥讽的胡斯来，脂砚斋却没有运用谐音会意，点出《红楼梦》作者的命名之趣。

曹雪芹纪念馆研究人员樊志斌，主要从事《红楼梦》和北京史地民俗研究，倒是对胡斯来这个清客的得名，作了极接地气的解释。他说，香山地区有一种水果，叫"胡斯赖"。这种水果是当地人用苹果和槟子嫁接而成，样子非常漂亮，味道却很干涩，只适合在果盘里摆着装样子。他进而点明："曹雪芹给清客取这个名字，寓意他们是外表光鲜，但没什么内在的人。"

左思（约二五〇至约三〇五），字太冲。西晋文学家。其貌丑口讷，不好交游，但辞藻壮丽，才华出众。《世说新语·容止》篇以及刘孝标注引《语林》记载，潘岳容貌美好，风度优雅。年少时，带着弹弓漫步洛阳街头，女子都手拉手围观他；车行于道，连老妇人都着迷，向他车里丢水果，以至鲜果盈车。相貌惭愧的左思，也效仿潘岳去街头招摇，却遭遇妇女乱啐唾液，只得扫兴归巢。陆机从南方来到洛阳，欲著《三都赋》，听说左思正写此赋，拍手而笑，给弟弟陆云去信曰：“这里有个粗俗鄙陋的北人，想作《三都赋》。等他写成，我正好用其著作来覆盖酒瓮。”左思十载精心构著，赋出，豪贵之家竞相传阅抄写，以致“洛阳纸贵”。陆机拜读后，自心底折服，遂搁笔。

如果我们仿白石老人的较真，也来给酥梨起个与实相符的别名；并沿袭曹雪芹替清客起名“胡斯来”之笔法，而反其意用之；则不妨称这慧中却不秀外的水果，为：“左太冲”。

才高一世的左思，生前心心念念欲受洛阳女子赠果，却痛苦莫得。若知百千年后，己字竟被议作水果别名，其失落之心亦当稍获慰藉吧。

二〇二〇年十月五日夜，合肥城南稻香楼畔

烤山芋

入冬后，出门办事，为走近路而从背街巷道穿插而过时，每每会于巷口处见到一两个卖烤山芋的摊档，摊主们身着洁净衣服，前胸系着一件皮围裙，在用铁皮筒改制而成的大烤炉旁边忙碌着。客人光顾后，他们会根据客人的指示，麻利地帮助客人选择烤好的山芋，有时还微笑地提个建议，然后，迅速过秤、装袋——这袋一般是用俗称“牛皮纸”的那种土黄色厚硬纸糊制的，换成塑料马甲袋，那就很容易被才出炉的热山芋烫烂了。送走客人后，这些摊主还得接着忙，他们或者从身后的一只大竹篮里拿出一些洗净的生山芋，揭开炉盖，放进炉中烤；或者用一根长长的火钳，从打开的炉口伸进去，给烤炉四周的山芋翻身，以免它们一面烤焦了，另一面还是生的。一个巷口有一爿卖烤山芋的摊档，这整条小巷都会充斥着甜蜜蜜、香喷喷的烤山芋气味。如果这是一条都市里残存的地面铺着粗拙图案的青板石，墙基生着苔藓的青砖窄巷，那香气在狭长的巷道里氤氲时，徜徉在巷道中，就更易让人感到时令的鲜明、岁月的悠长和生活的温馨与诗意了。

合肥人说的“山芋”，在植物学上的正式名称是甘薯，国内其他地区亦有称之为“番薯”“红薯”“红苕”“白薯”“地瓜”等别名的。明朝万历年间，福建长乐县侨商陈振龙在吕宋经商时，发现了这种产量极高的植物，他悉心向当地农民学习种植方法，并把甘薯种带回福州种植。经过多年推广，这种生命力极强的植物终于在国内南北各地到处生长，从而为烤山芋的出现与普及准备了充裕的物质前提。至于这种烤的技法，具体由何人何时首创于何地，没做过考证，无法详说。但上海人说的“烘山芋”，南京人说的“烤山薯”，北京人说的“烤白薯”，济南人说的“烤地瓜”，杭州人说的“烤番薯”，广西北海人说的“烤红薯”……其实，也都和我们合肥人说的“烤山芋”一样，表述的是完全相同的食物——据此，如果我们说在中国传统小吃中，这烤山芋是最富有广袤地域性的平民食品代表，那是绝不为过的。

只是品尝过烤山芋的食客都明白，这东西是嗅来动心，让人骤生食意；及至真正去吃，则未免逊色。少量进食，或许还有甜香味；但吃得稍微过量，便要腹胀、作气；如果胃不好，略吃一点，还会嗓眼漫酸水——正是对这些现象有切身感受吧，善饶舌的钱锺书在他的那本小说《围城》里曾有句妙譬：“烤山薯这东西，本来像中国谚语里的私情男女，‘偷着不如偷不着’。”

尽管如此，丝毫也无损烤山芋作为一种名小吃的地位。想想也是，食品中的许多种类，原本就是只堪观食、嗅食或耳食的，前者如火龙果、荷包红鲤鱼；后者如鹿筋、莼菜。而烤山芋，无疑是应当归入只堪嗅食之列的一款妙物。

二〇〇二年一月十三日凌晨，合肥城南罗小店

惠山油酥

论及无锡传统点心，惠山油酥是声名卓著之首选。

二十世纪六七十年代，父亲经常出差，每次回来，都不忘从所去地给我和妹妹带回些许糕饼、水果或玩具，我和妹妹总因此快乐好一段时间。记得父亲有次从无锡回来，给我们带了一包外面沾满芝麻的小圆饼，我和妹妹各取一只，正津津有味地咀嚼着，父亲告诉我们，这小圆饼叫惠山油酥，稍后又说："它还有一个名字，但，不好，叫'金刚肚脐'。"

嚼着这外皮遍沾芝麻，内里满包青梅丝、糖瓜条、金桔皮、核桃仁、糖等馅料的香、甜、酥、松圆饼，我和妹妹以孩子的淘气心理，立即记住了"金刚肚脐"这个在父亲眼里"不好"的别名，而忘却了这种食品在父亲心目中那个"好"的原名。

参加工作后，去无锡，游惠山，看到山脚下，有许多家经营惠山油酥的小店。从旅游手册上，又得悉了它那"不好"名字来历的传说。其一：明末清初，落魄的明宗室朱圣谕携眷南渡，来到惠山脚下。某日，朱圣谕踱进古华山门，目光无意中落在袒胸露腹的四大金刚的肚脐上，苦于生计的他，突然想起宫中的重油酥饼，大小与金刚肚脐仿佛，由此激发创意，决定做这种宫中点心谋生，并将之称作“金刚肚脐”。其二：传说此小吃原为元末明初惠山脚下一些佛寺制作的素食，专供进香者食用。到了清代，惠山寺住持惠性法师给此素饼起了个“金刚肚脐”的名字，遂逐渐传开。

举凡食品，除要求真材实料、味道可口、营养丰富外，还不能忽略一个“洁”字。不仅食品原料、制作过程，甚至进食环境，必须符合卫生标准。就是食品名称与宣传语，也不能忽略卫生元素。毛肚是火锅重要的涮烫菜品，前几年，有不法商贩为使毛肚口感脆嫩，并节省加工成本，竟丧心病狂地用工业碱代替食用碱浸泡毛肚，销往火锅店。食用这种“毒毛肚”后，极易引起肠道和胃部疾病，甚至致癌。重庆、兰州等地公安、工商部门查悉此事，对涉及非法加工销售这种食品的“黑老板”立案侦查的新闻披露后，许多毛肚拥趸吓得不敢前往火锅店进食。重庆是火锅重镇，记得当年随电视剧组去渝州，看到一些火锅店门前，都挂着宣传横幅：“本店供应新鲜带屎毛肚”。牛为反刍动物，有四个胃；人们俗称的“毛肚”，是牛的瘤胃。即使未清洗的毛肚，内蓄秽物也不过是牛食后待反刍、消化的饲料，而与牛粪无涉。店家所挂上述宣传横幅，意在消除食客进食毛肚恐惧，提振食客消费热情，却不知是受知识匮乏之囿，抑或有意为之，混淆了牛的消化系统与排泄系统的生态，在毛肚前错置了一个不实且不洁的词，又影响了食客胃口，事与愿违，店内生意也未能兴隆。同理，肚脐，本是不会让人产生味觉美感的字汇，即使是“金刚肚脐”，也概莫能外！可有人偏取它来作美味食品的名称，自难免令食客生发白璧微瑕之叹——这，大约就是父亲当年给我和妹妹点评惠山油酥原名和别名优劣的衡量标准吧。

南宋陈鹄所著《耆旧续闻》卷三记载：“世传米芾有洁病……方择婿，会建康段拂字去尘，芾择之曰：‘既拂矣，又去尘，真吾婿也。’以女妻之。”由于意识中崇尚洁净，米芾选择女婿，竟将名、字中含有洁净字词的男子列为首选——这真是迂腐且不靠谱的行为。但替食品起名，细心遴选洁净字词，实在是不可忽略的人性之举，米芾择婿的思路在这里正值得大力提倡。

欣慰的是，此番来锡参加鼋头渚樱花节开幕式，在街头看到朱圣谕第七代孙朱文奎于清朝后期创立的朱顺兴油酥店仍在营业，作为“老字号”，它已被无锡市与江苏省列入“非物质文化遗产保护名录”。店内依然售卖当年名闻遐迩的腊烧片、开口笑、小桃酥和净素苏式、广式月饼等传统糕点，至于惠山油酥，当仁不让的还是店家的首荐点心。在店招、海报、马甲袋、食品盒上印制的有关“惠山油酥”的宣传文字中，间或也能看到“金刚肚脐”的别名，但凡涉及此点心名称的首选词，均无一例外地以“惠山油酥”表述，可见在走向文明途中的这家老店的管理者，已充分注意到了遴选洁净字词为食品题名的人文意义。来店顾客，多是购买“惠山油酥”者，南腔北调都有。返程时，我也要捎上几盒，回家与妹妹一起分享童年的味道。

二〇一九年三月七日夜，无锡市太湖鼋头渚景区太工疗养院五二二三房

炮 仗

漫步街头，如果看到一家食肆门面上写有经营“老炒炮仗”项目，你能猜出店家售卖的这款食品是什么吗？

初抵甘肃张掖，我们几位来自南方省份的媒体人，立在市中心一爿食肆前，对着门额上赫然书写的这几个字，人人丈二金刚摸不着头脑。幸亏一位同行的兰州姑娘指点迷津，她说：“就是炒面。”并告诉我们，“老炒炮仗”是张掖方言，她在大学的一位张掖籍同学提到炒面，总是这般称呼。

张掖，又称甘州，盛产小麦，居民以面食为主，日常食用的面点品类丰富，有拉条子、揪片子、酿皮子、炮仗子、搓鱼子等。其中“炒炮仗子”，也叫“老炒炮仗”或“炒炮”。做炒炮，和好面后，需要先醒面半个小时。然后，将面团搓成三十至四十厘米的圆长条，放在托盘内，上面覆盖塑料布，再继续醒面约半小时。接着，将圆长条揪寸段，于开水中煮熟，捞出，和蔬菜、卤肉炒后食用。因寸段面条形似鞭炮，故名“炮仗子”。

张掖炒炮店中，最出名的数“孙记炒炮”。这家坐落在市区繁华地段的老字号面馆，据称创立已有三十余年历史，经孙家两代人精心经营，形成了独特的风味。晚上，在高台县城关镇吃过晚餐，乘车回到张掖市，时间已接近八时，我还是满怀好奇地打的至闹市区，走进“孙记炒炮”店二楼餐厅，点了一份特色小碗炒炮，细细品尝。但不得不遗憾地说，这款颇富声誉的地方名吃，味道实在一般。“炮仗子”，和合肥餐馆内的面疙瘩、面鱼相仿佛；而炒炮中配伍的卤肉，柴而略咸，口感不够鲜腴。因在店内拍照，服务员告诉了店主之母王海英，其出来盘问，告知是收集资料，想写一些文字，不是来偷窃技术的。其始释疑，遂热情解说炮仗做法，问我吃炒炮的感觉与意见。听我言说卤肉略咸，即客气地吩咐服务员为我盛来一碗面汤，劝我喝下，云是“原汤化原食”。

后来，我们在兰州、西宁街头散步，也不断看到一些食肆临街的玻璃窗上，贴有售卖“炮仗”“炒炮”“老炒炮仗”“干炒炮仗”等字样的海报。甚至，还有售卖“老炒炮仗”的食肆与售卖“烟花炮仗”的杂货店，隔街相望，门脸上俱标写着售卖“炮仗”的户外广告文字。想来当地人自能洞明同为“炮仗”两字的物品，在不同店家，含义是迥然相异的；去买所需东西时，绝不会弄出摸错店门的笑话。

听罢我的这通絮叨，朋友，当您某天若骤闻人言：“昨晚，我吃了一碗炮仗，味道美极了！”您恐怕不会惊讶了吧。

二〇一六年八月三十日深夜，拟于甘肃张掖市嘉亨大酒店八六一一房

二〇一六年九月四日下午，兰州中川国际机场候机厅补记

“大肉面一碗来哉……”

翻阅旧上海名医陈存仁回忆录《银元时代生活史》，听老人说古，得悉当年上海老城厢各种食品店铺星罗棋布，服务好生温暖、熨帖。

小南门外的“乔家栅圆子店”，以卖汤团为主，创店老妪做的汤团，皮薄且糯，肉精卤多，起初每天做四百个为限，卖完打烊。孰料物美价廉，食客盈门，只得动员三个媳妇、四个女儿帮着赶做，方能应付。客人食后，尚未过瘾，还要买些带回家吃。于是，老妪把煮熟的汤团捞出，滚上几层红豆沙，蜚声沪上的“擂沙圆”就此诞生。

大东门汤懋昌出售的糖果花色繁多。除供应最普通的粽子糖、乌龟糖、牛皮糖、芝麻糖、米花糖等。尚卖一种寸金糖，长约一寸，命名取“一寸光阴一寸金”寓意，内裹糖酥，外粘芝麻，吃起来既甜且香。

开在南市荷花池后的张祥丰蜜饯糖果栈规模很大，专售蜜枣、糖金柑、糖橘饼、糖佛手等蜜饯凉果。店内最出名食品是花生糖，上海人多买它馈赠亲友或旅行出外自奉，单这种糖每天要售出几百斤。

南市还有卖水果的摊档，卖牛肉包的铺子和专门供应热酒、凉菜的小酒店；每天自朝到晚，总有小贩按时沿街叫卖大饼、油条、脆麻花、白糖粥、臭豆腐干、火腿粽子、五香茶叶蛋、梨膏糖；有些苏州小贩则踩着时令节拍，用嗲声嗲气的语调，沿街喝唱，更换出卖檀香橄榄、烫手热白果等应时小吃……呵，简直就是一幅氤氲着浓郁人间烟火气息的沪版《清明上河图》。

其中服务最细腻，令人称道叫绝的店铺，当推面店。带钩桥（俗称打狗桥），有一家唐正和面店，早晨供应汤包。过了早晨，改供应面食，有鱼面、肉面两种，名目繁多，客人要在叫面时预先说明。“拣瘦”，即是要瘦肉；“拣肥”，就是要肥肉；“去皮”，就是要除去一层肉皮；还有“轻面重浇”，或是“重面轻浇”，就是要多面或是多浇；另有一种叫作“减底”，也就是浇头多些，面尽少无妨。还有一种叫作“阳春”，即是阳春白雪的阳春，来代表“光面”。光面只售铜元三枚，若要面多些，可以加一，即付铜元四枚。此外，不要葱蒜，名为“免青”；要汤多的，叫作“宽汤”；要吃不太软的面，叫作“硬面”；有些客人叫一碗面，要鱼肉兼有，名为“红两鲜”。客人吩咐定当之后，跑堂就大声叫喊起来，有时一碗面要连续叫出六七个名堂，如“大肉面一碗来哉，要轻面重浇、去皮拣瘦、宽汤、软面、免青”等，一连串名堂叫起来很是动听，所费不过铜元十二枚而已。而这类面店，在南市城厢内外，何止二三十家之多。

想象昔人将庸常饮食生活，竟过得如此诗意而饶富情调，于羡慕前辈幸福人生之同时，亦不禁慨叹我辈迟生数十年，失却了一段好口福。而今，街头遍布洋快餐连锁店或土快餐连锁店，为了果腹，有时免不得光顾。可进食中，念及碗间膳食，从材质选取、配料设定到烹饪程序，几乎都是全城统一、全国统一乃至全球统一，胃口自然大减。赞许者虽坚称："这正能适应眼前社会的快节奏生活。"可是，从自由选择到被动接受，中间失却了多少温馨生动的情趣，平添了多少无可奈何的服膺啊。

报载，有美国杂志慨叹："纽约饮食业前景堪虞，盖昔日用膳之情调荡然无存，人人但求果腹耳。"看来，山姆大叔中的有识之士，已在反思日渐追求快节奏，给民众饮食生活带来的机械、枯燥后果，开始怀念"昔日用膳之情调"，希冀构建有品位的饮食新形态了。

二〇〇九年十二月九日晚，合肥东北郊写字间

肚子里有料

泉州地面文化遗存多如繁星。游罢城南天后宫、德济门遗址；前往万寿路，参谒李卓吾故居，向这位明代鲠直坚强的思想家致敬。然后，顺道逛了唐宋时中外贸易商货集散地聚宝街。待到折转回市里，便感觉肚子有点饿了。

时辰尚不及五时，于素常晚饭时间离得尚早。何况，还想去涂门街，参观一下那名闻天下的关岳庙。于是，思忖先简单打个尖。恰在此时，位于岔路口对面的“肚子里有料”店招，醒目地映入眼帘。

穿过马路，来到店前，方发现这是一爿专营港式包点的连锁店。店内鬻卖的有四方叉烧包、酱肉包、玫瑰豆沙包、核桃包、冰皮麻薯、冰果圈诸种。主打产品则是爆汁流沙包，买了两只，热乎乎地捧在手里，咬一口软糯又筋道的薄面皮，油润绵醇、细腻甜滑的蛋黄馅便流溢而出。难怪精致的盛包子纸袋上，于店名之侧，复缀印一行趣味宣传语：“一咬就露馅。”

食下两只奶香浓郁的包子，再饮入一杯鲜米石磨羹，“肚子里有料”，人立时元气充盈。思维也天马行空地驰骋起来，首先想到的便是：世间食品，名实不一者，夥矣。

《学生时代》中，郭沫若记述自己与成仿吾自日本归国，首游西湖，备办干粮。听茶房言“素心馒头”，川人郭沫若和湘人成仿吾感觉名目别致；复听言“素鸡”“素火腿”，以为那冠在头上的“素”字是清洁的意思，遂嘱茶房代为置办。结果，收了两块大洋的茶房，替郭、成购置了两大荷叶包干粮。两人便各挟着一个大荷叶包，开始游湖。走到雷峰塔，适逢“日午当空塔影圆”时辰，口渴腹饥。两人在塔旁草地上坐下，解开荷叶包，开始享用“三素”。这才明晓，所谓“素鸡”“素火腿”，皆为豆腐皮；至于“素心馒头”，竟是什么馅子也没有的馒头。“三素”嚼在口里，愈嚼愈见口干，嚼不上半个馒头，万难吞下喉去，复用荷叶把“三素”重新包好。想必是印象过于深刻，以至十余载后，已流寓海外的郭沫若著文忆及这次挟“素心馒头”等游湖情景，还不禁慨叹：“真真是再别致也没有的西湖游。”

与“素心馒头”命名姿态迥异，诞生于上海弄堂的平民早餐食品：生煎馒头——取名则未免过于谦逊。

如众所知，简称“生煎”的小吃，系用半酵面皮，包鲜肉加肉皮冻馅心，排放于平底锅内，锅底注油，边煎边喷水数次，至包子底面色黄硬而脆即成。去上海或苏州游玩者，想必都有过俟等“生煎”出锅，趁热享用的经历，并对它软而松的面皮，鲜嫩而带有卤汁的肉馅，饱含芝麻及葱的香味，轻易不会忘怀。

美食史家考证说，沪人往昔将“包子”称为“馒头”，所以，在沪外之人眼中的“生煎包子”，遂获得如此低调而朴素的命名。

可我却固执地认为，当年给这款小吃起名者，一定是位豁达自信的人。谚云：“包子有肉，不在褶上。”他想必是对自己制作的这款食品行销天下，充满信心，至于究竟是以“馒头”命名，还是以“包子”命名，反倒无意推敲了。

二〇一八年十二月六日晚，泉州市西街杨桃公馆院内茶亭灯下。起风了，树上杨桃时坠砸地面及茶亭木顶，嗵然有声。

马铃薯也有春天

榆中，位于兰州东郊，是农业农村部确定的无公害蔬菜示范基地县。境内的冷凉型蔬菜产区，被确定为全国“蔬菜出口创汇基地”。所产蔬菜主要销往广州、深圳等沿海城市，并出口至东南亚国家及港、澳、台地区。

此次来兰州开会，东道主安排去榆中考察。晚上，在县内定远镇陇右玉泉西北民俗文化度假村就餐。先吃烤全羊；然后，围桌饮酒。宴间上了许多菜肴，大多没留下印象。倒是烤土豆、牛奶鸡蛋醪糟、甜醅、灰豆子等小吃，甚获我等外地来者称赏。尤其是烤土豆，每只约二三两重，黄色皮面上，现出一个个烤黑的斑点，给我留下极深记忆。它们是用一个草编托盘盛着，端上桌来的。甫登席，我就趁热食下了一只。接着，忍不住复取一只，慢慢嚼食，满口松软面糯，有土豆的本真味道。食罢，肚子略饱胀，人却舒坦。大快朵颐肥腴的烤全羊后，进食这富含淀粉的植物块茎，感觉既爽口又通润肠胃。

如众所知，土豆的学名，叫马铃薯。它原产于南美洲安第斯山区的秘鲁、玻利维亚和智利等国。十六世纪中期，由西班牙殖民者带回国，逐渐在欧洲各地种植，成为民众重要粮食作物。明万历年间（一五七三至一六二〇），马铃薯引入中国，由于耐寒、耐旱、耐贫瘠，种植周期短，节省用地，很快在西北、西南、东南沿海、中南等地区普遍栽培兴种。可烹饪手段不够丰富，多年来，土豆在国内仅被贫困家庭用作充饥果腹之物，却没能作为佳肴美馔，更多地出现在中产家庭和富裕家庭的餐桌上。二十世纪五十年代初，久居京城的周作人在上海《亦报》发过一组《饭后随笔》，其中有篇题为《外国来的菜蔬》短文，约略梳理了域外流入华夏蔬菜的食用情形，言浅语长，简短丰蕴，提到了马铃薯，从菜与点心两个领域，点评其地位，把它贬得灰头土脸——

> 近时从外国来的有马铃薯，北方名土豆；甘蓝通称白菜、菜花；番茄北方名西红柿，却没有多大势力，大概因为未曾平民化的缘故。马铃薯本来有用，但有芋头与白薯在和他作竞争，做菜不如芋头，做点心则不及白薯，其不得意也是当然的吧。

而在这之前或同期，北美地区、欧洲锐意提高马铃薯烹饪技艺，它已经或逐渐成了民众心仪的美食：走进麦当劳、肯德基、汉堡王等连锁快餐店的顾客，都将炸薯条作为主要小吃选食。家乐氏、百事等食品商生产的“品客”和“乐事”薯片，是畅销的美式零食。在英国，堪称“国菜”的“炸鱼薯条”，一年可卖出两亿多份。每年，国内都举行“全英最佳炸鱼薯条店”评选，对选出的最棒制作店家，广为宣传。这道菜的两位主角之一，便是马铃薯，可见其在英人心目中的地位。二十世纪六十年代生发的中苏思想论战中，中国报刊经常批评苏共的“土豆烧牛肉”共产主义。曾任外交部副部长的王殊，后专门著文详释此事来龙去脉，从文化角度考量，诚不失为一则趣事：匈牙利饭菜在欧洲很有名，“古拉希”是该国名菜，即把牛肉、土豆、红辣椒和其他调料用小陶罐炖熟，连汁水浇在米饭上。欧洲人常用“古拉希”来称赞匈牙利饭菜，就像拿“北京烤鸭”来称赞中国饭菜一样。二十世纪五十年代末，苏共第一书记赫鲁晓夫访问匈牙利，在群众集会上讲话，说“到了共产主义，匈牙利人就经常可以吃‘古拉希’了”。新华社《参考消息》编辑部人员翻译赫鲁晓夫讲话，考虑直译为“古拉希”，中国读者不明何物；在后面加上括号注解，又嫌太长；最终，译为“土豆烧牛肉”。其实，赫氏此语只是取悦匈牙利人的玩笑之言，并不是说共产主义标准就是大家都能够吃上“土豆烧牛肉”。但从“古拉希”在欧洲的名闻遐迩，可以想象土豆作为重要食材的襄助之功，亦是不可抹灭的。

据中国农业科学院国家薯类作物研究中心近年发布的数据显示，中国马铃薯年种植面积和总产量，均持续居世界第一位。作为我国水稻、小麦、玉米三大主粮的补充，它正逐渐成为第四大主粮作物。与此同时，善于烹饪的国人，创制出的马铃薯烹炒煎炸、炖煮煲汤方法，也使昔日被周作人称为“其不得意也是当然的”马铃薯，正被越来越多的民众喜爱。马铃薯在国内竟也有了今天这般兴旺发达局面，取罗大佑的经典歌词，略作改窜，用以点赞，那就是“马铃薯也有春天”啦。

二〇一九年七月二十七日凌晨，兰州庆阳路新胜利宾馆一〇二八房

大饼配油条

说唱艺术注重撷取市井话语，表演中时传民间妙声。比如，听“海派清口”，有句：“到山里面根本没离婚的概念哦，认为生下来就是大饼配油条配好的。”这“大饼配油条”之说，便属民间上佳的以物喻婚言论。

无须远向外邦索证，仅古今国语中以物喻比夫妻婚姻的范例便极多。《水浒传》第一百四回，卖卦的李助撮合王庆与段三娘成婚时言：“三娘的八字，十分旺夫。适才曾合过来，铜盆铁帚，正是一对儿夫妻。”以“铜盆铁帚”指言钉对钉、铁对铁，比喻两强相辅，正好相配——豪气逼人，是写好汉书应有语言。路遥的《人生》中，憨厚庄稼人马拴劝慰遭高中毕业生高加林劈腿的农家女刘巧珍放弃对高幻想，与自己婚配时说：“你也甭怨高老师，人家现在成了国营干部，你又不识字，人家和你过不到一块。咱乡俗话说，金花配银花，西葫芦配南瓜。咱两个没文化，正能合在一块哩！”取园间地头常见的西葫芦、南瓜设譬说事，虽土得掉渣，却质朴传神。至于今日流行的“合脚说”，那是言者视自己作主方的“脚”，把配偶喻作附方的“鞋子”，从一个侧面凸显出当代自我主义思潮的泛滥。

而“大饼配油条”之拟，除形象精准与以上诸般譬喻旗鼓相当，使用的地域性特色尤其鲜明，知悉沪上老辈早餐习惯者，无疑了然大饼配油条的普遍，那真是焦不离孟，孟不离焦，相跟相随，形影难弃。君不见，在《银元时代生活史》中，尝遍世间美味的陈存仁，笔调温馨地追忆稚龄在老上海每天找父亲讨一个铜元买食品时，“大饼油条各一件”是未曾忘却的必举之物。早年长期生活沪上，后半生寓居北美的张爱玲，暮岁写过一篇《谈吃与画饼充饥》的随笔，起篇就说：“中国人好吃，我觉得是值得骄傲的，因为是一种最基本的生活艺术。……‘民以食为天’，但看大饼油条的精致，就知道‘食’不光是填饱肚子就算了。……大饼油条同吃，由于甜咸与质地厚韧脆薄的对照，与光吃烧饼味道大不相同，这是中国人自己发明的。有人把油条塞在烧饼里吃，但是油条压扁了就又稍差，因为它里面的空气也是不可少的成分之一。”对于上心的世事，张爱玲总能笔底生神，这段文字便写得逸兴遄飞——不，俗兴遄飞！

二〇〇九年十二月十七日凌晨，合肥城南稻香楼畔

知青履历

三亚天涯海角景区出口处，有一爿小小食品排档，仅数节橱柜、几张台面和十余把椅子组成，名字却豪壮雄阔："集味坊"。

除售椰子、火龙果、芒果、菠萝蜜等热带水果和各种饮料外，它还兼卖烧烤、水煮海鲜及煮玉米棒、蒸椰子糕等小食品，游客步出景区，多在此纳凉小憩，并顺便作一些饮食补充，生意因此极火。其中有一款蒸木薯，剥去外皮，切成三四寸长一截，形同削皮后黄白相间的甘蔗棒一般，挤挤拥拥地窝在竹屉中，腾腾冒着热气。旁边挂着一张推介单，文字简练而不失风趣：

蒸木薯

本地人称：山根根；又名：知青履历。

口感：粉、滑、微甜。

很多词汇产生，皆有其特定背景。很难想象一名粗通汉语，却对中国历史几无知晓者，竟能准确体味在中国特定时期产生的一些词语的深奥内涵与丰富外延。提及"下放""上山下乡"之类词语，今日的青少年或许会有几分陌生。倘若你跟二十世纪六七十年代在国内生活过的人们说到“知青”二字，这种隔膜感就决然不复存在，或许，还会瞬间引发藏匿在其心间的一段追忆或万端感慨。即使如我这般由于年龄不足而失缺“知青履历”者，少年时代，也耳闻目睹了发生在亲戚、邻居和好友家庭的诸般“知青履历”故事。既能替特普通的蒸木薯起上一个如此别致的名字，起名者想必也有过一番异常难忘的遭际吧？

见我在摊前盘桓，年轻的男摊主走过来，闲聊获知：他是湖北黄冈人，商校毕业，二十世纪九十年代中期来海口，在这人潮如流、寸土寸金的地段摆摊淘金。至于推出蒸木薯销售，则是其姑母、姑父的创意，他们是在汹涌的“知青潮”中，弃别亲人与故土，来这漂浮在中国南海上的热带岛屿插队的“有志青年”。蹉跎岁月，清苦年景，蒸木薯是他们完成繁重农活后的主要食品——虽非美食，却能果腹充饥。口感上论，他们未必喜爱这味食品；理智上看，他们却不能不感激这款救命之物——正是因为有了这段经历，侄子的摊铺开张时，做姑母、姑父的特为荐上蒸木薯，并附赠了一个意味深长的名字：“知青履历”。结果，在一个年龄段的食客中，这食物特结善缘。不出所料，在这毫不起眼的数寸长蒸木薯内，确实蓄藏着一段人间故事，凝结着一重人生喟叹。

看到许多中年食客在啖食蒸木薯，我也掏钱买了一节，咬上一口，味觉并非如推介单上标明的那样适口，只是酷肖蒸土豆，粉淡寡味而已。可它却分明引起了眼前这么多食客的兴致，一个个均嚼得津津有味，大约，他们不是在咀嚼蒸木薯，而是在回味一段深铭脑际的人生履历：知青履历吧！

二〇〇四年七月十八日傍晚、深夜，海南三亚东方海景大酒店

食鸭尾

上海电影制片厂出品的侦探片《智破奇案》，是根据民国年间作家程小青创作的《霍桑探案集·狐裘女》改编、拍摄而成。中间有个趣味情节，霍桑助手包朗嗜吃肥鸭屁股，办案中，霍桑欲调动包朗查案激情，掏钱嘱家佣去马文斋买十只肥鸭屁股，给包先生加餐。包朗瞬间笑逐颜开，即刻答允去完成霍桑吩咐的工作。

大多数观众或许仅认为此情节不过是嗜吃者包朗的又一贪嘴实例而已，不会过于关注。但这一闪即逝的桥段，却反映了尘世中部分人的食趣—— 一种颇为奇特的食趣。正像霍桑喜欢抽白金龙香烟、喝张裕白兰地，业余喜欢拉小提琴、看电影。包朗则胃口极好，嗜喜美味。你看，在自《霍桑探案集》改编的电影《大侦探霍桑》中，包朗和霍桑因涉嫌“纵火”，被无脑警察关入狱中。“白牡丹”刚将两人救出，包朗便抱着一整只猪肘子狂啃起来。虽然吃相夸张，这胃口或口味却易被人理解。不特在物质贫乏年代，猪肘是世间难得之美味，即使今日物质丰裕了，它依然是众多老饕的钟爱。至于鸭屁股，雅称：“鸭尾”；俗呼：“鸭膘子”。古往今来，嗜食者则显然有限，旁观人自不免生发好奇感。

尼克松访华后，在西方——尤其是美国兴起一股访华热潮。美国经济学家约翰·肯尼思·加尔布雷思也来中国，据说目的是论证“中国经济体制的特权观念”，却把大部分时间都用在了吃喝上，他称在老北京饭店享用的晚餐，可能是自己吃过的最美味一餐。那是全鸭宴，据其记述，宴席除上了鸭心、鸭肝、鸭翅、脆鸭皮、鸭肉、鸭架汤，还包括鸭尾。只是，没有读到这位洋老饕进食鸭尾后发表的评价。

嗜食鸭尾这种行为，健康与否，姑且不论，从嗜食人群角度考量，则无疑属于小众。但在中国食客中，它毕竟尚存一众拥趸。我有一位关系要好的同事，成长于书香门第，饮食习惯，乃至生活喜好，却有几桩与众人略异处。比如，爱嗅闻汽油味，称“好闻极了”；逢到食鱼，喜食鱼的眼珠；另有一嗜，即爱食鸭尾。据其自述，在家食鸭，与母争食鸭尾，于此可见其及家人口味之一斑。

自然，同事这喜爱程度，终属有限。若推论嗜食鸭尾之“世间第一”，就已知范围来看，大约得数清代南海孝廉李棔。清人钮琇所著《觚剩续编卷三·事觚》中，以《奇嗜》为题，对李棔这一嗜好，做了生动叙述。好在此节文字不长，且浅白易懂，就将其完整摘录附后，以便读者领略李孝廉这口腹之好：

南海孝廉李棔，字倩为，性嗜腌鸭尾，每膳必需。家人以全鸭进者，则割尾而弃其余。亲友设宴，以为亵而不供，则怫然谢去。虽珍错盈前，不肯下箸。

佛山镇有一豪家，筵宴不时，烹饪狼藉。其用腌鸭，日以数十计，恶其尾膻，未下釜时，即命庖人刲投墙外。倩为闻而叹曰："委明珠于粪壤，抵尺璧于污泥，天下有拂人之性如此，伧父哉!世不爱宝，我不忍其弃于地也。"遂徙居，与豪家结邻，日享其腌尾焉。

粤中荔枝，必俟五六月红熟，方以甘鲜擅名，非其候，则攒眉蹙口，不可下咽。倩为独嗜纯青者，蘸以香山盐虾酱，一啖百枚。尝曰："人间至味，无逾于是，惜不能与腌鸭尾日夕慰我馋耳。"

蔗霜米饴，皆所深嫉。其令河内时，见民有姓唐者，以其音之似糖也，辄怒目曰："万姓谱中，何一不可姓，而必姓此乎?"遇有罪者，必倍其笞。

二〇二一年七月十日下午，合肥城南稻香楼畔

鳖与酱油

鳖，俗称甲鱼、团鱼、水鱼。在民间，它还有个更通俗，却不中听的称呼，叫王八。

有则故事，说某外地人去无锡会友。至朋友家，朋友不在。朋友老婆说："他鳖里去了。"这个外地人闻听，一头雾水。请教后，方明白，原来，无锡话中，"网吧"和"王八"同音，朋友老婆说话惜字如金，将两字地点名词生生俭省成一字动物名词，便极自然地转换出一个"鳖"字来。

周而复撰著的长篇小说《上海的早晨》中，工商界红人冯永祥、沪江纱厂工程师韩云程们，每逢夸赞某事或某物，张口闭口间，总言："简直妙不可酱油！"

当年，读这部小说，逢到书中人物口吐"妙不可酱油"之句，总简单视作是沪上商圈中人在无事磨牙、插科打诨而已。甚至，认为身为作家的周而复已黔驴技穷，只会给书中人物设计一句自认为风趣幽默，实际上，笑点极低的滑稽语，却让这些层次、背景、性格均不同的人物，不惮辛劳地反复使用。

后来，听郑逸梅述说旧日文化人故事，得悉民国年间，上海滩有位知名电影理论家、剧作家、小说家徐卓呆，和妻子华端岑研制了一种味道鲜美的酱油，起初无偿赠予亲戚朋友享用，后见要的人太多，竟把这自制调味品起名为“良妻牌”酱油，定下价格，在市面公开售卖。性格滑稽而富有商业意识的徐卓呆，此时笔名用“酱翁”，又号“卖油郎”；还请沪上名画家钱瘦铁书写了“妙不可酱油”五字，印在所用信笺上，借助自身人脉广博，于交往中搭风宣传“良妻牌”酱油声誉，大力拓展销路。徐卓呆所言“妙不可酱油”，为成语“妙不可言”的蜕化语；因“言”与“盐”同音，寓意既然有“妙不可盐”，自不妨有“妙不可酱油”。这才晓悟，正是徐卓呆的精心策划和钱瘦铁的妙笔助推，才使这条“成语改良加长版”俗语，在沪上日常生活间和反映上海滩人物经历的文学中，得到如此广泛的运用。

油嘴滑舌者，对语言使用多异常敏锐。他们每于戏谑谈笑间，不经意地逾越语言常规的樊篱，突破句式固定的窠臼，拓宽语意传统的疆缘，从而对语言创新做出贡献——这，是我多年静心观察语言现象，获取的点滴心得。

二〇二〇年四月七日上午，合肥城南稻香楼畔

醋浸曹公一甏

以人名来代称饮食名，在中国是素有传统的。比如，借取杜康这位传说中酿酒术发明者的名字，来称呼酒，便是典型例子。曹操在《短歌行》中吟哦："何以解忧，唯有杜康。"意思是："只有美酒能解除忧虑。"而不是说："只有杜康这个人，才能解除忧虑。"

显然，如此起名可能误导不明代称背景的读者产生阅读歧义。沈括在《梦溪笔谈·讥谑》里，以调侃的口吻，叙说了一则"代称"趣例：吴地（今江浙一带）的人多将梅子叫作"曹公"，因位居"三公"的曹操与"望梅止渴"故事有关；还把鹅叫作"右军"，因曾任"右军将军"的王羲之喜爱养鹅。有个吴地读书人以一坛醋泡梅子和两只烧鹅作为礼品赠人，并附送一笺赠函时，便写出这样一段文字："醋浸曹公一甏，汤燖右军两只，聊备一馔。"对大多数非吴地读者来说，仅阅士人此函，想必触目惊心；及至通读全文，又不免啼笑皆非。

这风气近年似有逆转，具体表现在父母为孩子起名上，准确说，是给孩子起乳名时，皆喜以饮食名昵称之。比如，女演员杨幂给女儿起了个乳名，就叫“小糯米”。另一女明星李念则昵称女儿为“小酸奶”。

安徽宿州有位媒体朋友建了一个QQ群，邀我参加，在群内，时常读到一些助生启发的文字。前不久，有位群友针对时兴以饮食名给孩子命名的世风所发之感慨，便短而精致。现将其完整转录于下，供未阅读过的朋友分享——

> 杨幂生个闺女叫“小糯米”，李念生个女儿叫“小酸奶”，姚晨生个儿子叫“小土豆”。啥时候兴起用吃的东西给小孩子起名了？这要是时兴开了，那该是啥样的情形！满大街都能听见妈妈唤孩子：“水烙馍，别和馓子玩了，快回家找腫汤了！”“爬拉猴，我咋跟你说的？不要再跟炸油条一块玩了，都该学坏了，人家鸡蛋糕都和豌豆糕是好盆友了！”“娃娃鱼，你妈叫你回家吃饭。对了，看见春卷和格拉条了吗?”

估计，写出这段幽默文字的朋友，是位皖北土著。你没看到吗？他或她，在文中列举的“水烙馍”、“馓子”、“腫汤”（用老母鸡、猪排等炖汤，汤里稍勾芡汁；打鸡蛋在碗里搅匀，用热汤浇沏成蛋花茶，滴香油，撒上少许黑胡椒粉、虾米、荆芥，饮用）、“爬拉猴”（蝉的幼虫，可通过入油煎炸、五香炖煮或油锅烹炒，制成各种美味菜肴）、“炸油条”、“鸡蛋糕”、“豌豆糕”、“娃娃鱼”（用红薯粉制作的凉粉，食时浇上辣椒水、醋等调料）、“春卷”、“格拉条”（小麦面条加芝麻酱、豆芽、辣椒油等调制。

在皖北方言中，“格拉”是搅拌的意思，故名），都是皖北百姓日常享用的小吃名品。何况，这段文字本身就充斥着皖北方言词汇。

或许，其人还是个老饕吧？一下引证了如此多的小吃，可见平日必留心饮食，人对事物关注度与嗜好紧密关联，此为常识。

当然，最重要的，作者肯定是位悠闲、风趣而快乐的人——不然，在这红尘滚滚的世间，在这无利不往的年代，其如何会腾出空来，搜集那么多小吃名，巧妙剪裁，缀写出一段恁地锦心绣口的文字啊！

不几日，惊见网上陆续出现了此段妙文翻制的“北京版”“上海版”“济南版”“成都版”“柳州版”“兰州版”“西安版”……均承袭其结构，以各地方言来述说当地名小吃，一时间，南腔北调，荟萃网页，九州饮馔，纷供迭呈，端的可喜可爱。若将这些文字收集起来，略加注释，印刷成书，定是一部内容丰富、语言生动的《当代中国民间小吃大全》。

二〇一四年八月二十六日夜，合肥城南稻香楼畔

白金汉宫招聘"磨新鞋师"

作为"第一家庭"，英王室每个细微举动都逃不脱国内记者的敏锐关注，并迅速见诸报端。其中，关于现任女王伊丽莎白二世的报道，尤其引人入胜。

近年，就读过多篇有关英女王的八卦文章。之前是《世界新闻报》窃听案中透露的那则小趣闻，女王对坚果情有独钟，工作人员在白金汉宫走道内置放了盛坚果的碗，以便女王路过随手取食。可女王发现碗内坚果常不翼而飞，暗查获悉竟被王宫巡警偷食。十分不满的女王，遂在碗里做上记号，及时了解坚果短少动态。白金汉宫官员也给王宫巡警发送备忘录，警告他们"手放老实点"。前不久，读了女王的长寿菜单，知悉这位老寿星早餐前坚持喝暖身茶；晚餐不食淀粉；酷嗜巧克力。曾为女王服务十一年的前御用厨师麦格雷迪也证实，女王真的超爱吃巧克力，自称"巧克力上瘾"，最爱黑巧克力，越纯越好。今天阅报，则获悉白金汉宫正在为女王招聘一名特殊服务人员——"磨新鞋师"，应聘女性鞋码必须跟女王鞋码等大，要具备不怕疼的"牺牲"精神，帮女王穿新鞋，并把鞋撑到足够柔软舒适，确保女王能够即刻、舒服地穿上美观精致的礼服鞋。根据王室内部消息人士透露，“磨新鞋师”在“工作”时，必须穿米色短袜，而且只能在地毯上行走。

《史记·项羽本纪》说，项羽引兵西屠咸阳，杀秦降王子婴，烧秦宫室后，掳咸阳的财宝、美女东归，不无自得地说：“富贵不归故乡，如衣绣夜行，谁知之者!”“衣绣夜行”是个极美的句子，估计项羽这力能举鼎的老粗，想不出来，一定是出自太史公的五彩华笔。当然，项羽或许也发表过不能着装漂亮地走夜路之类的感慨吧。他说的漂亮衣着，除了衣裳外，大约还应包括帽子，想必也包括鞋子吧。仅帽子光鲜，衣裤光鲜，如果鞋子不光鲜，那形象无疑大打折扣。明乎此，则不难知晓菲律宾前总统马科斯夫人伊梅尔达、台湾女艺人大S之流，为何对鞋子那么喜爱。岂仅贵妇名流，就是寻常百姓，也深谙鞋袜对形象的美饰作用。你看，在老舍的《龙须沟》里，丁四看见四嫂穿了新鞋新袜，立即说：“哼，打下面看哪，还不认识你了呢!”妻子只是换上了新鞋新袜，一屋同居十多年的丈夫贸然间竟不相识了，虽是噱语打绰，但鞋袜对形象塑造的威力亦灼然可见。

当然，如果一个人不在乎衣着对个人形象的影响，自然也就不会关注穿鞋新旧这码事。据说大仲马颇不耐烦新鞋的夹脚，于是，这位放荡不羁的作家经常让他的私生子小仲马做两件事：一是帮他把新鞋撑大，供他来穿；二是经常让自已宠爱过的美人跟儿子好。儿子略有啧言，老子厉声指摘：“尔当视此为殊荣，证明尔一柱伟岸、双脚秀窄也。”嘀，既有行动，而且伴有新颖、精辟的理论来指导并阐释啦。

二〇一七年四月十三日夜，合肥东北郊写字间

乞丐话股票

微信群内，热传这幅照片：一中年男人端坐肯德基店堂，头发蓬松，胡须杂乱，神情怪异，身着深色皱巴巴衣服，显然经久未曾洗涤。其所趴桌面上，弃置着餐后余剩的饮料杯和食物袋。

照片上方，写有一段解说词：

> 中午，在肯德基一边吃，一边看股票。一个乞丐进来乞讨，我给他一块鸡翅后，继续看。乞丐啃着鸡翅没走，也在旁边看。过了一会儿，他悄悄地说："长期均线金叉，KDJ数值底部反复钝化，MACD底背离，量能喇叭口扩大，这股要大涨了。"我很是诧异地问："这个你也懂？"乞丐说："不懂，我能有今天？"

这是一个段子，纵然内植"肯德基""均线""KDJ""MACD""量能"等现代词汇，尤其是股市技术分析词汇；并于传播中选用时代流行之图配文形式，却并不妨碍一眼觑见其"祖父母"是谁。

清末民初徐珂编撰的《清稗类钞》，在《饮食类》中，蓄《某富翁嗜工夫茶》一文，惟妙惟肖地讲述了一个嗜茶败家的富门子弟故事。全文如下：

潮州某富翁好茶尤甚，一日，有丐至，倚门立，睨翁而言曰："闻君家茶甚精，能见赐一杯否？"富翁哂曰："汝乞儿，亦解此乎？"丐曰："我曩亦富人，以茶破家。今妻孥犹在，赖行乞自活。"富人因斟茶与之。丐饮竟，曰："茶固佳矣，惜未极醇厚，盖壶太新故也。吾有一壶，昔所常用，今每出必携，虽冻馁，未尝舍。"索观之，洵精绝，色黝然。启盖，则香气清冽，不觉爱慕。假以煎茶，味果清醇，迥异于常，因欲购之。丐曰："吾不能全售。此壶实值三千金，今当售半与君。君与吾一千五百金，取以布置家事，即可时至君斋，与君啜茗清谈，共享此壶，如何？"富翁欣然诺。丐取金归，自后果日至其家，烹茶对坐，若故交焉。

显然，这名"以茶破家"的乞丐茶客，便是在肯德基连锁店内乞讨的那个"股疯子"之先人。别具只眼评股的"股疯子"身躯内，确乎承继了见解独到话茗那乞丐茶客的性格基因特点。唯乞丐茶客尚余固定资产——一把精绝茶壶，虽遭遇破家之厄，终赖其得以安顿妻子，且可与富翁日日啜茗清谈，续享快意人生。至于"股疯子"，想必家当尽蚀，囊空如洗。于是，只能乞讨果腹，在回味股海弄舟，慨叹运道不公中消磨余生。

“不幸的家庭，各有各的不幸。”同理，不幸的人儿，也各有各的不幸。

二〇一八年八月十四日夜，合肥城南稻香楼畔

“红学”一家言

《红楼梦》极大丰富了中国人的精神文化空间。毛泽东嗜读《红楼梦》，不仅书房中广蓄各种《红楼梦》版本，言谈中喜欢引述书里人物语言，练习书法醉心缮录书间诗文，更在商定国是的高层会议上盛赞此书，竟留下“我国过去是殖民地、半殖民地，不是帝国主义，历来受人欺负。工农业不发达，科学技术水平低，除了地大物博，人口众多，历史悠久，以及在文学上有部《红楼梦》等等以外，很多地方不如人家，骄傲不起来”这般推崇《红楼梦》的巨赏名论。

据说，毛泽东从二十世纪三十年代开始，就多次推荐人们读《红楼梦》。可“少林和尚”出身的上将许世友不以为然，说此书“尽是吊膀子”，意指《红楼梦》里展示的皆为诱惑或追求异性的行为，反对读。自然，受到毛的训斥。而许关于《红楼梦》的“吊膀子论”，也就作为其腹笥甚窘的证据，成了人们饭后谈屑。

实话实说，让驰骋沙场的将军谈文论艺，不免强人所难。从有限资料来看，彼辈发表文艺鉴赏意见，多喜采取“战略上藐视敌人”之态度，擅长走“化神奇为腐朽”之路线。二战悍将巴顿攻进德国，占领纳粹藏宝地默克斯盐矿，认真检查了矿井深处储藏的一排排金条和数十亿美元现钞，并同步考虑出处理计划。但对纳粹从世界知名的柏林腓特烈皇帝博物馆疏散至此的大批不朽画作，包括德国宗教改革运动时期的艺术大师丢勒创作的著名木刻组画《启示录》和德国画家克拉纳赫、佛兰德斯画家鲁本斯、西班牙画家戈雅、德国早期浪漫主义代表画家弗里德里希创作的巨幅精美作品，巴顿只是随手翻了翻，觉得它们也就“值大概两点五美元，最适合给沙龙聚会用”。许世友对《红楼梦》的评价，与巴顿对柏林腓特烈皇帝博物馆镇馆之宝的评价如出一辙，俱是“将军逻辑”。

读《笑林广记》，记得《殊禀部》中有则名叫《品茶》的故事：

> 乡下亲家进城探望，城里亲家待以松萝泉水茶。乡人连声赞曰：“好！好！”亲翁以为彼能格物，因问曰：“亲家说好，还是茶叶好，还是水好？”乡人答曰：“热得有趣。”

讲究的茶客品茗，不仅要求茶叶好，还强调烹茶的水质必须佳。产于皖南休宁松萝山的松萝茶，以色绿、香高、味浓著称。明代嗜茶且深谙茶理的许次纾，在所著《茶疏》中称：“若歙之松萝、吴之虎丘、钱塘之龙井，香气浓郁……”明代文学家袁宏道饮松萝茶后，在所撰《游龙井记》里，也给予颇高评价，云：“近日徽人有送松萝茶者，味在龙井之上……”由此可见，“城里亲家”烧泉水，冲泡松萝茶，来迎接“乡下亲家”，自是上佳待客之道。可惜古早岁月，乡村生活清苦，即使数九凛冬，细户寒门也以凉水解渴。估计这“乡下亲家”不是豪绅巨族，所以，饮了松萝泉水茶，既不说茶叶好，也不言水好，单赞“热得有趣”，确是与其认知水平相符的由衷结论，自然，也可称“品松萝一家言”。

“吊膀子论”无疑是许的肺腑之言，估计也代表了一部分世人对《红楼梦》的看法。依我看，称作“‘红学’一家言”，亦未尝不可。

二〇一七年六月十五日凌晨，合肥东北郊写字间

“面条老总”

近日，西安旅游集团公司原党委书记、董事长李大有受到开除党籍、开除公职处分的消息，在微信圈热传。继纪检监察网站发布这条信息后，自媒体也争相制作微信或小视频，报道李大有的严重违纪并涉嫌违法问题，可见民间对这一处分的关注度颇高。

铁腕反腐步入第五个年头，一批“大老虎”相继锒铛入狱，民众对各色贪官千奇百怪的畸形心理，五花八门的贪腐手段，已充分领略。可处理李大有这样一名厅官，如何竟在民间引发广泛谈论？阅读了《法制晚报》推发的消息，方知这个“活宝”的政治投机和攀附行为，确实别具特色——

李大有与曾任陕西省委常委、西安市委书记的魏民洲私交甚好。熟知魏民洲的人士透露，魏民洲爱吃面食，几乎不可一日无面，此习惯令其在外出差，特别是出国期间，饮食备感不适。寄卖店售货员出身的李大有，先后在西安关中饭店、西安钟楼饭店做领导，对饮服系统素所熟悉；后长期担任西安旅游集团董事长，旗下曾控制西安饮食、西安旅游两家上市公司，拥有众多陕菜“老字号”及当地顶级厨师。于是，逢魏民洲出差，李大有便安排专门厨师，携带做面食工具和上好原料，随魏同行，确保其随时随地吃上可口的手擀面。人因此称呼李大有为“面条老总”。依赖与魏民洲私交甚好，李大有也有目的地干预和插手组织人事工作，为自己积累政治资源。此外，他还“违规从事营利活动；违反生活纪律。利用职务上的便利为他人谋取利益并收受巨额财物，涉嫌受贿犯罪”。

作为一座古城，西安也曾出现过与李大有相仿的人物。那是在近两千年前，当时的西安，还叫长安。西汉宗室刘玄被“绿林军”立为皇帝，年号更始。随着王莽被杀，“新朝”灭亡，更始帝入主长安。他尽封功臣为王，并纳右大司马赵萌之女为夫人，日夜在后庭饮酒取乐，竟将政事悉数委付“老泰山”处理。很快，诸王肆虐于封地，权臣呈威于朝廷，朝纲松弛，朝政紊乱。而流连歌舞饮宴，少不了美酒佳肴，于是，治国理政的队伍中，出现了许多职掌宫廷饮食的官员，甚至是伙夫。这些“新贵”能力有限，素质低下，多嗜喜着绣面衣、锦裤、短衣或妇人服装，当街恶言辱骂，不免贻笑朝野。《后汉书》卷十一“刘玄刘盆子列传第一”，用极节俭的文字，栩栩如生地摹绘出了“更始朝”这幕滑稽世相及市井怨声：

其所授官爵者，皆群小贾竖，或有膳夫庖人，多著绣面衣、锦裤、襜褕、诸于，骂詈道中。长安为之语曰：“灶下养，中郎将。烂羊胃，骑都尉。烂羊头，关内侯。”

看来，今后西安民众谈论官场怪状，于上面那首经典民谣之后，又可续增六字：“手擀面，董事长。”

二〇一七年八月二十三日晚，合肥城南稻香楼畔

啃骨头

“饮食男女，人之大欲存焉。”食欲作为人类最基本的欲望，吃什么，怎么吃，因人而异，但折射出个性。在《红楼梦》里，曹雪芹花费大量笔墨，写了许多人的食趣、食相与食物，有的仅寥寥数笔，却让读者过目难忘。比如：描写宝钗的嫂子夏金桂，除集中笔墨凸显这位旧家小姐的刁钻尖刻、凶狠泼辣，还特别介绍了她的食趣：“又生平最喜啃骨头，每日务要杀鸡鸭，将肉赏人吃，只单是油炸的焦骨头下酒。”就这看来似有可无的几笔，便将夏金桂形象，描摹得愈加鲜活丰满。

“你们都吃肉，却叫我啃骨头。”此为世人遭遇工作分配不公，常忿然而言之牢骚语。从中，亦约略可忖度，若让世人在大块肉与肉骨头之间做个选择，大多数庶几会挑选大块肉，而舍弃肉骨头。高超的曹雪芹，却敏锐发现了不喜食肉却嗜啃骨头这世间相对稀缺的食趣，并将此特性寄附在夏金桂这个文学人物身上，以增强其个性特征。

细想世间如夏金桂这般嗜啃骨头者，亦着实不少。行走国内南北城市，俱能见到羊蝎子火锅店，且都食客踊跃。而追根溯源，作为鲁菜的“羊蝎子”，主材是带里脊肉和脊髓的完整羊脊椎骨，整个享用过程，实际上就是个啃骨头的过程。岂料这般北方餐饮店，如今在南方也遍地开花，拥有大批食客，这正揭橥嗜啃骨头者，人数在增加。另外，少时走在大街小巷，常见到一些门脸不大的杂货店，内里售卖的多是烟、酒、糖。二十世纪九十年代以降，随着武汉精武鸭脖、周黑鸭等饮食企业制作的肉骨类小吃在国内异军突起，现今，这类杂货店的售卖物则多了具有四川麻辣风格的鸭头、鸭脖、鸭掌、鸭翅、鸭锁骨等休闲食品，人们将它们与炒瓜子、鱼皮花生、糖炒板栗、奶枣等炒货和话梅、杏脯、糖冬瓜条等蜜饯，先统称为“电视食品”，继之泛称为“休闲食品”“网红食品”。市井既有如此多的店面，在售卖骨肉相连，实际上是肉少骨多的食物，那世间的“啃骨族”队伍，想必也在不断壮大吧。

安徽有个县级市，叫无为。此地出产一道名吃：板鸭。它与其他地区板鸭制作习用方法存在两点差异：一是鸭坯虽走盐腌工序，但腌渍期较短，需现做现吃。二是增添了以燃烧过的芝麻秸余火灰烬，上撒杉木屑，借底火缓慢燃烧木屑冒出的烟，来对腌渍后的鸭坯进行熏制的过程。故“无为板鸭”又名“无为熏鸭”或“无为熏板鸭”。只是有个奇怪现象，即今日在无为本地或皖省境内，凡挂“无为板鸭店”招牌的铺面，售卖的不仅有熏板鸭肉、鸭膀爪与内脏制品，还同时售卖以熏板鸭工艺制作的烟熏卤鹅肉、鹅膀爪与内脏制品，而且，后者的受欢迎程度，远远超逾前者。在我所居大院的门口，就有爿挂“无为板鸭”店招的窗口，甚至专售烟熏卤鹅肉及卤鹅头、脖、膀、爪，以及卤鹅心、肝、胗、肠等。间或，家里吃饭，来不及做荤菜，只炒了两盘素菜，我便下楼去这家门店选购几样，拎回佐餐。有次，去买菜，看到一个老汉慢慢走到窗前，隔着玻璃，手指窗内柜台托盘里堆放的熏鹅制品，对守店的小伙子说："给我斩一节鹅脖。"那店内小伙便套上一次性手套，从托盘里取出连着粗长颈脖的半片鹅，用刀"嘭"地剁下鹅脖，由窗口递出。老汉接了，一欠身子，席地坐在窗口下的水泥台阶上，手攥鹅脖一端，动作缓慢，却聚精会神，甚至，可说是贪婪地啃食起来。其后，我去买熏鹅，又数次看到这位老汉坐在水泥台阶上——偶逢买熏鹅的食客多时，则站在离店面不远的人行道上，津津有味地啃着鹅脖。与卖卤鹅的小伙子熟悉后，出于好奇，有次就多了一句嘴，问他老汉是谁，小伙回答是自己的大伯。可能是觉察到我对老汉嗜啃鹅脖感到新奇，小伙又补说了一句："我们那里人，都喜欢啃鹅脖、鹅头。"后来，结识了一位无为书法家，他的饮食嗜好确实印证了卖卤鹅小伙的解释。这位书法家朋友偏爱在微信朋友圈晒自己的醇酒美食场面，那照片展示的聚饮酒席碗碟里，总是少不了卤鹅脖、鹅头。其伴图同发的文字，颇似日记，多书录庸常起居，从中时可发见有关啃鹅脖、鹅膀爪、饮酒的快意时光。尤其在炎炎夏日，像"中午，啃一根熏鹅脖子，食一根蒂顶带黄花的脆黄瓜，饮一瓶冰镇啤酒。午睡。""中午，啃一副鹅膀爪，饮一瓶冰啤酒。后，吃两大片红瓤西瓜。午睡。"或"傍晚，小舅来还书，留饭。各啃一个鹅头加鹅脖，对饮两瓶啤酒。食青椒炒肉丝、蒜泥拌蒸茄子、番茄鸡蛋汤、米饭。后，去三宝家掼蛋，喝绿豆汤。”这样的记述文字，比比皆是，可见啃骨头已然成为其生活常态。

去宁夏、甘肃、陕西等西北地区的城市，多见到小吃摊铺售卖羊头、羊蹄等熟食；去成都、重庆等西南城市，则常看到食品店家售卖卤兔头、麻辣兔头；推算起来，这些食品也都可归入“肉骨餐”吧。一个人口味形成，包含浓郁的生活地域因素和成长记忆，我理解并尊重不同地方居民的口味与食趣，自诩也算是个胃口包容性强大者，唯“一饮一啄，莫非前定”，对于羊头、兔头类食品，实在敬谢不敏。至于羊蹄，却有过讨教。最早知悉这木橛般的东西能食，是少年时去父母的一位朋友家做客，见其家凉台上，放着数枚带毛的羊蹄，显见是羊腿食后的剩余物，问一起游戏的这家孩子，此羊蹄为何不丢弃，答曰能吃，让我感到很新奇。只是，那天在他家午餐，并没吃到羊蹄，颇为失望。后来，去兰州出差，晚上，逛正宁路夜市街，看到一个卖卤羊头、卤羊蹄的熟食摊上，许多食客在饮酒并啃食羊头、羊蹄。其中两位对饮的年轻人，面前桌上，除其他酒菜外，竟摆有堆放满满的两大碟卤羊蹄。于是，我也尝试着要了两只，只见老板将铁锅放到煤气灶头上，点燃蓝色火焰，向锅里放点羊油，从一旁托盘里夹取两只早已卤好的羊蹄，放进锅里，撒些许红椒丝、葱花，再浇半勺卤汤，吱吱啦啦一阵乱响，气雾升腾，须臾起锅。老板将红艳艳而颤巍巍的羊蹄，用瓷碟盛装，端到我面前，并奉赠一双塑料手套。我套上手套，径取而食，啃下的是一层胶质浓郁、略带韧劲的薄皮，但满口鲜辣。隔日，与当地朋友谈起昨晚食羊蹄事，他们说，当地人喝辣烧酒，一人啃十数只乃至数十只羊蹄，是常见的事情。于是恍然，西北人的啃食羊蹄，仿佛南方人的吮螺蛳肉、国人的嗑瓜子，兴趣点不在大快朵颐，贪图的实在不过就是那个鲜辣味道罢了。正是基于此种原因，国内各地普遍可见的卤猪头、卤猪蹄，人们不将它们划入“肉骨餐”食品，实在是因为这头、这蹄上的肉，多，甚至过于肥腴。

如同读“红楼”，知悉夏金桂“生平最喜啃骨头”一样。阅读历史和文学作品，我们于不经意间，也依稀可窥得某人之食趣，进而推断其是否属于“啃骨族”。

曹操与杨修，这两位东汉末期的风云人物，即使不是啃骨头嗜好者，起码，亦是深识啃骨头趣味的人。这佐证，从那史书中录记的颇为有趣的“鸡肋事件”，便可觑得：曹操与刘备争战汉中，进不能胜，退恐人笑。两难之际，适逢下属前来禀请夜间进出军营口令，曹操随口答曰：“鸡肋。”主簿杨修据此令断定魏王已对眼前战局无计可施，近日可能撤军。在《三国志·魏书·武帝纪》中，东晋、南朝宋时史学家裴松之作注，引西晋司马彪《九州春秋》句，描述聪明的杨修向军中众人解释曹操所出口令隐含的潜意识：“修曰：‘夫鸡肋，弃之如可惜，食之无所得，以比汉中，知王欲还也。’”但后世读者认为，以“弃之如可惜，食之无所得”来描述“食鸡肋”的含义，过于强调此举的徒劳无功，不够精准。因为“鸡肋”虽是“无肉”，却非“无味”。倒是元末明初的罗贯中在《三国演义》里，将杨修上述那句释语，改作“食之无肉，弃之有味”，以此来形容“食鸡肋”者欲弃难舍的矛盾心理和曹操在关中进退维谷的窘境，最为传神。曹、杨俱是一流文人，从他们创作的诗文可知，他们理解、驾驭语词的能力十分强大，罗贯中的阐释无疑更贴近曹、杨原意。事实上，这“食之无肉，弃之有味”八字，因精辟摹画出了世间“啃骨族”之追求与真相，亦十足可视作彼辈心声之代言。

苏东坡嗜谈饮食，且食趣广泛，自然不会忽略发表对啃骨头的见识。其流徙惠州，在给老弟苏子由的尺牍中，便阐发了自己的啃骨心得：

> 惠州市井寥落，然犹日杀一羊，不敢与仕者争买，时嘱屠者买其脊骨耳。骨间亦有微肉，熟煮热漉出，不乘热出，则抱水不干。渍酒中，点薄盐炙微燋食之。终日抉剔，得铢两于肯綮之间，意甚喜之。如食蟹螯，率数日辄一食，甚觉有补。子由三年食堂庖，所食刍豢，没齿而不得骨，岂复知此味乎？戏书此纸遗之，虽戏语，实可施用也。然此说行，则众狗不悦矣。

虽将终日抉剔脊骨间些微羊肉，仅得铢两而食，夸称如同食蟹螯之快乐。但玩味全篇，尤其是尾句，却可发见东坡书言此通自嘲之语时的真实心情，实不啻是黄连树下吹笛子——苦中作乐。也是，人生已活到了与狗争食的地步，岂复能言真快乐？

至于嗜写美食文字的梁实秋，不属于“啃骨族”，这基本上能够断言。对《吕氏春秋》记载：“齐王之食鸡也，必食其跖，数千而后足。”梁实秋曾明确嗤笑：“其实鸡爪一层皮，有什么好吃。”对广东馆子用冬菇、凤爪煨汤，他虽允称“汤算是美味”，但语气间颇不耐烦喝完汤，捞起鸡爪吮，吐出的那一堆碎骨。承认红烧鹅掌是广东馆子一道大菜，也认可“鹅体积大，掌特肥，经过煨煮之后，膨胀起来格外的厚实”，至于这道大菜味道如何，在梁实秋口中，也仅是感觉其“吃起来就好像不只是一层皮了”。相反，对拌鸭掌这道南北方食客俱喜的佐酒凉菜，他的倾赞之情，溢于言表，而喜爱的重要原因，则缘于拌鸭掌所用的鸭掌，是被庖厨先剔去了掌上的骨头。他以工笔手法，细摹了北方庖厨去除鸭掌上骨头的艰辛，强调“即使把鸭掌煮烂之后再剔亦非易事。而且要剔得干净，不可有一点残留”。出生在北平的梁实秋，还爱食羊头肉，他倾诉抗战期间，人在大后方重庆，思念这款故都风物，痴想了七八年。胜利还乡后，一个冬夜，听得深巷卖羊头肉小贩的吆喝声，立即从被窝里爬出来，把小贩唤进门洞，看着他于暗淡油灯下，用雪亮的薄刀，将羊脸子片得飞薄，然后取出一只蒙着纱布的羊角，撒上一些椒盐。梁实秋就托着这盘羊头肉，重新钻进被窝，在枕上一片一片地把羊头肉放进嘴里，十分满足地解了馋瘾。可见，这仅是嗜食骨头剔得干净的鸭掌和片得飞薄的羊头肉，而不是嗜啃骨肉相连的鸭掌和羊头，所以，梁实秋不能算作“啃骨族”。

二〇二一年一月二日下午，合肥城南稻香楼畔

第三辑 好吃得让人惭愧

流风余韵

吴敬梓下笔尖刻，小说中人物多不可爱，唯有那位在春暮夏初，天气渐暖时节，着莺背色夹纱直裰，手摇诗扇，脚踏丝履，面如傅粉，眼若点漆，温恭尔雅，飘然有神仙之概的天长杜十七老爷杜慎卿身上，尚能见到些许风流儒雅的士人形象。

《儒林外史》里凡与他有关的文字，读来都赏心悦目，当然，最堪咀嚼神往的还推杜慎卿乘金陵客寓佛寺牡丹盛开之机，邀请萧金铉、季恬逸、诸葛天申来寺中宴谈一幕——

那天的下酒菜虽只摆了清清疏疏几个盘子，盛的却是正当时令的江南鲥鱼与樱、笋；饮的酒，则是永宁坊上好的橘酒。杜慎卿和客人传杯换盏，吃到午后。接着，上了猪油饺饵、鸭肉烧卖、鹅油酥和软香糕四款点心，众人吃了，又喝了雨水煨的六安毛尖茶。再继续饮酒，边听家佣吹笛子，唱李太白《清平调》。这一次，直吃到月上时分，月光照耀得牡丹花色越发精神；又有一树大绣球，好像一堆白雪。三个人不觉手舞足蹈起来，杜慎卿也颓然醉了。按说酒饮到这辰光，就此散去，亦无不可，孰料，文中又陡然升起一个优美而令人难忘的小高潮：

> 只见老和尚慢慢走进来，手里拿着一个锦盒子，打开来，里面拿出一串祁门小炮熗，口里说道："贫僧来替老爷醒酒。"就在席上点着，烨烨烞烞响起来。杜慎卿坐在椅子上大笑。和尚去了，那硝黄的烟气还缭绕酒席左右……

初读这一段，只当是吴敬梓运动神来之笔，为杜慎卿这风流才子出场而特意铺排的烘云托月场面。及至读扫叶山房本《西厢记》，见金圣叹在《拷艳》一章开篇处，追索旧时霖雨之日，与友客住无聊，因约赌说快事以破积闷，竟然如排山倒海般历数出人生三十三个至乐之时刻来，其一曰：

> 春夜与诸豪士快饮至半醉，住本难住，进则难进。旁一解意童子，忽送大纸炮可十余枚，便自起身出席，取火放之。硫黄之香自鼻入脑，通身怡然，不亦快哉！

方明晓这场面并非作家苦心孤诣的创造，而是明末清初聚宴中确实存在的一种醒酒助兴之娱乐方式。

选择何种娱乐方式，固然与个人性情、习惯与文化教养有关，其中也极易窥见社会的时风流俗。伴随全球经济一体化步伐加快，发达国家的文化随着经济一起向发展中国家渗透，西风东渐，一些洋娱乐方式被国人视为追崇的时尚，日渐普及，许多古老而优美的传统娱乐方式反而委顿不振了。驾着私家车去上班、乘着飞机去谈生意、坐着磁悬浮列车去观光的现代人，休闲时更愿选择到绿草如茵的高尔夫球场上挥杆击球，在四季恒温的空调室内结对打桥牌，沿着静谧的公园林间小道漫步遛狗……却很少会选择于深宅幽院围桌而坐拍昆曲，适适然陶醉于哼唱“则为你如花美眷，似水流年”这种蕴蓄丰厚古文化修养的娱乐方式；或品味“莫春者，春服既成，冠者五六人，童子六七人，浴乎沂，风乎舞雩，咏而归”那般清淡闲适的人生真趣了。在酒酣食饱之后，他们也更多是去卡拉OK包间曼歌一曲，进彩灯闪烁的舞厅中翩翩起舞，或是坐在铺着绒地毯和装置人造喷泉的茶楼里，边用手机谈商务，边灌上一肚子甜咸酸辣混杂的茶水以消醺祛酡，却再不会想到去享受快饮至半醉，住本难住，进则难进之时，噼噼叭叭地燃放一串祁门小炮仗来醒酒的这种充满世俗热闹，于铺张中尽显生命元气的乐趣了。而那大大小小的城市为环保、防火起见，一一实行“不准随时随地燃放鞭炮烟花”的“禁放”政策，无疑也是对这种娱乐方式传承延续的一种客观遏抑。

自然，凡事皆有例外，记得那年初夏，和安徽省一些版画家去大别山中始营初建的风景区天堂寨观摩版画创作草图，抵达当晚，雨微风酥，风景区管委会在我们入住的宾松大酒店设宴接风。豪爽的主人为了彰显人气，一桌桌酒席就在大厅排开，上的是皖西著名的“十大海”——由大海碗满盛大块的红烧猪肉、红烧鱼、红烧鸡、红烧鸭、炒时蔬等十道菜组成的宴席，系当地最隆重的待客程式。临到上第四道菜红烧肉圆子时，餐厅门口忽然响起了噼噼叭叭的鞭炮声，随之，无数碎红纸屑夹杂着盈鼻硫黄之香飘进大厅，原来，依地方习俗，伴随着这碗红烧肉圆子上桌，必须燃放鞭炮—— 一俟主人说破，满屋诧异的客人都大笑起来，厅内欢悦气氛瞬间升至极顶。

坦率地说，那晚的菜肴味道，委实难让人恭维；可那晚的鞭炮声，确是好听极了，至今，还时常在我耳边回响。真美，这残留在荒村野寨的流风余韵。

二〇〇二年十二月二十七日晚，合肥城南罗小店

“是哪儿产的？”

讲究的老饕，享用饮食，十分关注菜肴、饮品的出处。在他们眼里，吃烤鸭，就应当上全聚德，即使其他烤鸭店用的鸭坯，也是樱桃鸭；取来烤鸭的炭，也是果树木炭；但论及烤制技艺，则仍数全聚德上乘。因此，全聚德烤鸭尽管卖出天价，去吃烤鸭的食客，还是比其他店多，以至有人戏言：“全聚德餐厅里的一把椅子，每年都赚十万元利润。”嗜饮青啤的啤酒客，则专注选择产自青岛崂山的啤酒。青啤集团为了扩大生产规模，已在多地设立分厂，我在超市或餐馆里，经常看到顾客向服务员询问所售青啤的产地，或直接取来瓶装或罐装青啤，端详瓶体或罐体上标注的产地，再决定是否购买。是呀，酿酒工艺易于移植，但成就青岛啤酒美名的最稀罕原料——崂山矿泉水到哪里去复制啦？你能责怪这追求醴泉正味的饮家挑剔吗？

此种“道地”的观念，在中医领域，被运用得最为淋漓尽致。表现在医家开药方时，讲究用“道地药材”。比如：当归，是甘肃岷县产的好；枸杞子，以宁夏中宁县出产的佳；人参，则数吉林省抚松县生长的优质。此外，内蒙古伊盟杭锦旗的甘草，河南怀庆的牛膝、地黄、山药，江苏茅山的苍术，云南文山的三七，以及安徽滁州的黄菊花、宣城的木瓜、铜陵的丹皮、霍山县的石斛，俱为同类药材中的翘楚，当得起“道地药材”之名。我有个朋友开中药铺，周末去其药铺闲逛，适逢上客高峰期，朋友和店员忙着接待客人。我闲着无事，见窗台上摆有多种古代中医典籍，取来一本，随手翻读，竟看到在介绍“紫河车”这味中药时，著述者赫然书一评语：“金陵第一”。当时，我的眼球都几乎惊落地上。尽人皆知，金陵为南京古称；紫河车，是中医领域对人的新鲜胎盘与其干燥制品的泛称。如果说阿道夫·希特勒鼓吹“雅利安民族为世界上最优等民族”，是对其他民族在实行种族歧视；那么，这倡言胎盘“金陵第一”者，不也是在对其他地区居住人群实行地域歧视吗？接着往下看，才明白著述者原来是点赞旧时南京中医炮制这味中药的水平高。由此可见，造成同种药材质量差异，决定其是否称得上“道地药材”的原因有多种，既有属于产地环境所致的先天因素，也取决于炮制工艺考究与否的后天人为因素。同理，佳肴美饮品牌的形成，也是如此。被世人广为称誉的品牌饮食，说穿了，就是人们在长年累月的品味中慢慢优选出来的，在特定地域或店家，以特定的食材原料，通过特定工艺生产出的食品或饮料。

法国人饮食中也有这个习惯，喜欢取用本国原地产的正宗产品：喝布列塔尼的葡萄酒，吃巴扎斯的牛肉，嚼尼翁的橄榄。当代世界出版社出版的《法国精神》，记载了一则在法国流传甚广的当代笑话，说一个雨天，几位法国人在餐厅里边吃边聊，谈论着法美产品大战，喝的是夏朗德的干邑白兰地，吃的是抹着伯吕佳鱼子酱的布利尼斯饼，以及玛尔奈斯肉，呈绿色的扁平牡蛎。这时一个人说：“外面大概下的是酸雨。”另一个人马上接着问道：“是哪儿产的?”

连酸雨都要问一下是哪里产的，可见酷嗜品牌的习惯已深入骨髓。至于还能编出这个故事，则起码反映了这个民族的自嘲性格和自省意识。

二〇一六年四月二日下午，合肥城南稻香楼畔

出洋相

晚，读山东友谊出版社一九九七年十二月出版的《名人日记》，内载中华人民共和国成立初任江西省第二书记、省主席、省长等职务的邵式平记写的部分日记。其中邵氏记录在省主席任上率江西省人大代表于一九五四年九月一日从南昌乘火车启程，取道浙、沪、苏、鲁、津，晋京参加第一届全国人民代表大会的五天日记，录载了沿途所见所闻、随想随感，尤以一段谈车厢内观感的文字，较有趣：

火车上的好事多，如果和过去比较起来，谁也知道有天壤之别。但不是一切都好。从上海到北京，火车上用的茶盅子，实在叫人难受。每只茶盅粗笨，又不好看。这就使中国的陶瓷出洋相，我这个江西省的省主席脸上也不太光彩。因为瓷都——景德镇在江西嘛！我很怀疑，为什么火车上一定要这种原始的、粗糙不堪的陶瓷盅呢？景德镇的瓷器难道不肯卖给铁道部吗？思想很久，没有得出要领，以后有机会再弄清楚。

说这段文字有趣，是因为它勾起了我对二十世纪八十年代初一桩亲身经历的回忆。那是一个周日，我和一位小学时的同学骑自行车去合肥南面的肥西县城上派镇游玩。早晨走得早，到了县城边，露水集尚未散去，集市上的早点摊异常火爆，我和同学据一张小桌坐下，点了几只当地特产米饺及几根油条，边吃，边闲观面前走过的赶集者。早点快吃完时，我们忽然发现盛早点的两只瓦钵底部正中间俱有个洞，它不像花盆那样，在制坯阶段便刻意预留，烧制后显得光滑自然；而是瓦钵烧成后被人们敲打出的，洞眼粗糙、刺目。环视相邻桌上的瓦钵，无一例外地在相同部位都被捣了个洞——显然，这是有计划的统一行为！问早点摊主，这洞是谁敲的？为什么要这样做？摊主得意洋洋地告诉我们，是他雇人敲的。至于原因，是唯有如此，才能制止食客顺手牵羊地窃瓦钵。我和同学闻听，十分惊愕，围绕人类道德低劣的话题，议论了很长时间。

火车上为什么用粗笨茶盅？这令瓷都——景德镇所在省的省主席思想很久，没有得出要领，并决心以后有机会再弄清楚的问题，我看也没有特别难解之处，原因不外有二：一是在被邵式平于日记中盛言震动厉害的火车车厢内，摆放原始粗瓷，而不是薄胎细瓷，不至于被颠簸碰坏；二是较之薄胎细瓷，原始粗瓷引生偷窃之心的概率当略小些，铁路部门运营成本自然也会相应降低——这一解释可能更接近摆放者的决策思路。其实公共用品遭顺手窃取现象，在国内屡见不鲜，甚至进入新世纪，放在民航客机座位下面的救生衣还时常被乘客带走，民航公司只有借报端呼吁乘客提高公共道德意识，不要夹带捎取这为飞机遭遇特殊情况在水面迫降时预备的救生品。无疑，今日民众的生活水平比二十世纪五十年代民众的生活水平已提高了许多，可在贪小这一点上，不同时代、不同层次的人们却表现出相同的低劣。

如此说来，火车上用粗笨茶盅，“使中国的陶瓷出洋相”，仅是表象。透过这“实在叫人难受”的茶盅，折射出部分国人的贪婪，才是问题本质。

二〇〇九年四月二十四日凌晨，合肥城南稻香楼畔

卖豆腐的喇叭声

苏曼殊一九一四年初在东京治病期间，写给国内朋友陈陶怡一封信，述说时在东京学习的浙江嘉兴人龚藕生前来探病，竟日与其谈论南洲往事，为唱爪哇曲子，令己十分开心。主客皆欢，自然不觉时光飞逝，据苏曼殊言，及至“闻街上卖豆腐‘乌乌’之声，（龚藕生）始仓皇辞去。谓明晨功课忙，留不得也”。

平素闲览，涉遇民俗风情，哪怕一点一滴，总视作人生有趣味的风景，尤所留心。市声，作为招徕顾客的一种商品营销手段，有着精彩而丰富的内容，是极可贵的民俗学资料。我没去过日本，对彼邦卖豆腐者如何通过制造“乌乌”之声来揽客，茫然无解。记得当年读收存在花城出版社出版的《苏曼殊文集》里的这通信函，至此段，兴趣油然而生，十分渴望获取有关此风俗肇始缘由、传承轨迹及现存形式等方面的介绍。可惜，编辑对这通信函中“卖豆腐‘乌乌’之声”的注释，仅寥寥数字：“日本人晚间卖豆腐花所吹哨音。”显然，无法满足我的希冀。

一去数年，年初的一个晚上，陪女儿吟可看日本动画片《蜡笔小新》之《不可以把豆腐弄破》专集，竟于无意中见识到了当年想了解而不得的苏曼殊所言那“闻街上卖豆腐‘乌乌’之声”的场面。但见《不可以把豆腐弄破》中那卖豆腐男子，骑着一辆后座载有盛装豆腐容器的自行车，穿行于大街小巷。右手掌扶车把，左手攥一柄形状颇似牛角号的喇叭，每骑上一段路，便将喇叭举至口中吹响，发出“呜呜”声。小新的母亲美伢便是闻听喇叭声，交给小新钱，嘱他持碗去买豆腐。小新便是追寻喇叭声，穿逾大街小巷，终于找到将车停在小区广场的售卖豆腐者。而那些在小区广场排队购买豆腐的男女老少，无疑也是听到喇叭声，赶来买豆腐的。

一百多年前，东京那卖豆腐者也是骑自行车售卖豆腐吗？他们口中所吹的也是这部动画片中卖豆腐男子所吹的那种牛角号状的喇叭吗？可能，多少会有点区别吧？虽然我心中的疑问未获得完全解答，最起码，借助这部动画片，我直观看到了此种民俗的表现形态，并获悉在城市化高速发展，许多古旧而优美的民俗正逐渐消逝的今日，吹发出“呜呜”之喇叭声，招徕顾客售卖豆腐的习俗，在日本民间依然鲜活地保存着——是处留心皆学问，果然。

随后，我又遇到一位自东瀛返肥女士，得悉其在东京生活了二十二载，遂向其进一步请教这种独特的售卖豆腐方式，在彼邦的存在现状。她说，如今于东京老城区，中午和傍晚，尚能见到骑车吹喇叭鬻售豆腐者。在新城区，则基本领略不到此种“古风”了。新城区居民若想品尝豆腐，都到超市去买盒装豆腐。另外，在东京，只有豆腐、豆浆、豆皮售卖，却没有见过卖豆腐干、千张、豆腐花、腐乳等豆制品。据此，她认为苏曼殊书信中言称售卖“豆腐”，是恰当的。而编辑注释时，多加了一个“花”字，则画蛇添足，弄巧成拙了。因为，豆腐与豆腐花不是一个概念，在中国有些地区，后者还被称作“豆腐脑”。

印象中，合肥城内似乎从没有吹喇叭卖豆腐这种风俗。但是，在二十世纪末那“砸三铁”岁月，城内有个下岗工人叫卖豆腐干的市声，却让我终生难忘。这是一位五十岁上下的男人，中等个头，体胖，木讷。他骑着一辆破旧的老式加重自行车，车前，焊着一个大铁条筐，内里整齐码放着用塑料袋封装的各式豆腐干；车后座架上，则用绳子绑定一个硕大的竹篮，内里同样摆满各式袋封豆腐干，显然，是待前面铁条筐内的豆腐干卖去，随时从这里续补的。不知是车载太重，还是这位男子体质不佳，他蹬车缓慢而用力，看起来很费劲。尽管如此，每骑上十多米，他总用略微嘶哑的嗓子，下意识似的拉长声音吼上两句：“下岗——工人——卖干子了！下岗——工人——卖干子了！”

声音枯燥，没有丝毫激情，只是机械地按章点卯。

白天，于稠人广众间听得这种声音，偶或还有点令人发噱。但是，一个时近年关的夜间九时许，我从单位加完班回家，走在花园街上。忽然，身后传来了这卖豆腐干男人的嘶喊声：“下岗——工人——卖干子了！下岗——工人——卖干子了！”心头不禁一颤。稍后，便见这胖男人费力蹬着那破旧自行车，吱吱呀呀地骑来，从身边驶过，向前。于是，前头又传来了嘶哑的吼叫声……那真是音撼古城，心酸而凄凉，令路人听来怆然泣下。

二〇一八年十月十三日上午，合肥城南稻香楼畔

格之高低

汪曾祺为文，喜谈吃，谈自己的吃，也谈别人的吃，谈自己怎么做吃的，也谈别人怎么做吃的，字里行间，颇不乏才子语，好玩。

中国商业出版社出版《学人谈吃》，他替这本书作序，曾如此夸说王世襄善于烹饪——

> 学人中真正精于烹调的，据我所知，当推北京王世襄。世襄以此为一乐。有时朋友请他上家里做几个菜，主料、配料、酱油、黄酒……都是自己带去。据说过去连圆桌面都是自己用自行车驮去的。听黄永玉说，有一次有几个朋友在一家会餐，规定每人备料去表演一个菜。王世襄来了，提了一捆葱。他做了一个菜：焖葱。结果把所有的菜全压下去了。此事不知是否可靠。如不可靠，当由黄永玉负责！

结果，这段话还真不可靠。王世襄很快写出《答汪曾祺先生》，也发在先前刊载过这篇序言的《中国烹饪》上，对汪序中不准确之处予以订正。出于礼貌，他先盛赞黄永玉夫人梅溪精于烹调，做的南洋味烧鸡块隽美绝伦，并公允地说黄永玉平日常吃夫人做的菜，自然不及偶尔尝一次烧葱来得新鲜，因此才会对此菜之味发出言过其实的评论；但是，他特别声明并无背着圆桌面去人家做饭的“韵事”——

> 序中说我去朋友家做菜连圆桌面都是自己用自行车驮去的，这是传闻之误，我从未这样干过。记得几年前听吴晓铃兄说起，梨园行某位武生，能把圆桌面像扎靠旗似的绑在背上，骑车到亲友家担任义务厨师。不知怎地，将此韵事转移到在下身上。实在不敢掠美，有必要在此澄清，以免继续误传。

粗心的看官，读罢此段澄清语，可能会说，驮圆桌面去亲友家献厨艺之讹的责任人，应是黄永玉。只是，我们结合前引那段汪序上下文的意思，略作梳理，就不得不承认，这责任无论如何不该由黄永玉担待。那么，责任人该是谁呢？看来，只有让汪序中那无名氏，在此，姑且称之为“据说者”，来担荷吧。总之，善于著文的汪曾祺，下笔之先，就预选好了“不可靠”事情发生后的顶包人——什么叫行文缜密，懂了吧？

汪曾祺为文，还喜谈花，谈见到的花，谈自己种的花，谈听别人说的花和书里写的花，也很好玩。其中，也颇不乏才子语。比如，他谈栀子花的香，说——

栀子花粗粗大大，又香得掸都掸不开，于是为文雅人不取，以为品格不高。栀子花说："去你妈的，我就是要这样香，香得痛痛快快，你们他妈妈的管得着吗!"

大约，是感觉行文活泼、幽默，此段话很得一些人赏识，网上点赞者更为集中。说到这里，还是容我掉转头来，略微插述汪曾祺谈吃。记得在《星斗其文，赤子其人》里，汪曾祺回忆老师沈从文自奉甚薄，吃得很清淡，曾说——

在小羊宜宾胡同时，常吃的不外是炒四川的菜头，炒茨菇。沈先生爱吃茨菇，说"这个好，比土豆'格'高"。

读到这句，我不禁纳闷。较之慈姑，土豆在天南地北皆可见着，模样朴拙些，产量则高得多……有此类属性，以今人话语概括，真是"太普通了，一点也不小资"。虽然如此，可论起吃口来，土豆怎么就比慈姑"格"低啦？这需要何等神奇的舌蕾，才能作出恁般高超的辨别呀。当然，能生发此纳闷，可能正证明我毕竟不是什么文雅人吧。唯因为不是文雅人，有时，自不免产生些许粗俗、唐突的意识。比如，眼下我就有点杞人忧天的思想，土豆是否也会像汪曾祺笔下的栀子花那样，爆出一句粗口："去你妈的，我就是要这样'格'低，'格'低得痛痛快快，你们他妈妈的管得着吗!"

若土豆果能爆出此般粗口，自然，伤及者也不是汪曾祺，只能是汪曾祺的老师沈从文。

二〇二一年六月二日下午，合肥东北郊写字间六一四室

穷酒文化

皖北豫东地区，历史上多栖存豪饮者。刘伶、阮籍、阮咸这些赫赫有名的酒徒，都在这块土地上逍遥过。

法国记者皮埃尔·阿考斯和瑞士医学博士皮埃尔·朗契尼克合著的《病夫治国》，在介绍通过流行病学研究，寻找癌症产生的重要原因时，曾提及中国：“在中国北方，粮食酒乃是最为危险的敌人，……在某些地区，每十万人中有九十七人患食道癌，而这种癌患者中，十个有四个是嗜酒的人。”此段话叙述的着眼点是谈酗酒导致痼疾，但引发我关注的，却是它从侧面印证了包括皖北豫东在内的中国北方，自古至今，绵延不绝的尚酒风气。

今次去皖北砀山县看梨花，觥筹交错间，听当地人言及过去饮食缺乏岁月，砀山及毗邻的豫东永城市和商丘市的夏邑县、虞城县等地民间存在的一种敬酒方式，甚为有趣。

因饮酒过量，失态伤身。若非刻意让客人出丑露乖，大凡酬酢时，主人敬酒，视客人酒量大小，以杯碗为度，饮等量酒相陪；若主人酒量大且强调待客诚意，则明言并主动多喝些，而让客人酌量少饮一点——此为今日国内各地酒场礼数通例。可旧日乡村民众家庭普遍贫瘠，请客不易，凑几个菜肴，备一点散酒，是一笔不小的开销。宴客时，家中只有男主人陪客饮酒，女主人和孩子是不上席的。还记得斯诺在《红星照耀中国》中，录存的毛泽东自述少年时代生活情形吗？“我刚识了几个字，父亲就让我开始给家里记账。……如果没有账要记，就叫我去做农活。他性情暴躁，常常打我和两个弟弟。他一文钱也不给我们，给我们吃的又是最差的。他每月十五对雇工们特别开恩，给他们鸡蛋下饭吃，可是从来没有肉。对于我，他不给蛋，也不给肉。”在漫长的岁月里，这实际上是分布在国内穷乡僻壤的大多数基层民众家庭生活的缩影，皖北豫东自无例外。既然散装的薄酒、简单的菜肴，都成了奢侈品，用来饷客的酒与菜量，当然也不会多，这就要求席间陪客的男主人，须少饮少食，把有限的酒菜省下来，保障客人享用。久而久之，在皖北豫东的贫瘠家庭，敬酒便演化成一种主人起身举杯敬客，自己不饮，仅让客人饮的形式。当这种形式日渐被主客双方认可，约定俗成为一种地方习俗，便出现了今日人称“穷酒文化”中别具一格的敬酒形式。看电视剧《铁齿铜牙纪晓岚》第四部，王刚饰演的和珅自忖与纪晓岚廷争获胜，晚归灯火辉煌相府，让家佣炒两个菜，温一壶酒，于灯下得意洋洋地独酌。家佣见其饮得高兴，趋前问是否再添俩菜。和珅只令添酒，不提加菜，并“知足常乐”地说：“喝穷酒别有一番滋味。”富可敌国的和珅，在这里意味悠长地畅谈喝“穷酒”体会，那十足是肥马轻裘之流的嘚瑟。他说的“穷酒”，和我们现在所谈皖北豫东当年曾流行的“穷酒文化”中提及的“穷酒”，实际内容判若云泥。

长沙也曾有宴席饮酒留杯习俗。清朝长沙人周寿昌著《思益堂日札》，记写当地风俗，称："赴乡人饮，每盏必留其半，云恐主人一时酒尽，以瓶罄为耻也。"当然，这是表述旧日长沙人忠厚，赴乡下亲朋处做客，怕主人家酒少，举杯饮酒，总是饮一半、留一半，以免放量饮尽瓶中酒，主人无以为继，颜面上过不去。追根究底，这自然也属"穷酒文化"范畴，但与皖北豫东流行的那喝"穷酒"存在差异，即：长沙是客人惜饮，而非主人惜饮。当属"穷酒文化"的别一形式。

据说，邯郸人过去请客，也实行皖北豫东昔日那种敬酒习俗，且至今恪守。席间，主人敬酒，自己只喝一点，或竟完全不喝，以体现好客和待友真诚，而客人则需喝尽。我从没去过邯郸，也不认识那里的朋友，仅是耳闻而已。有时漫想，在物质大为丰裕的今日，宴间依然固守"穷酒文化"流行时代那种敬酒形式，外乡客是否会感觉主人是借乡风里俗，来戏弄乃至欺辱自己这样的外来者啦？

二〇一〇年四月十二日晚，合肥城南稻香楼畔

彼时的小康标准

北大教授魏荒弩在《枥斋余墨·关于两首民谣》中，记录了一则山西民谣《四香》："猪的骨头，羊的腿，黎明觉，小姨子的嘴。"读来饶有趣味。

据魏荒弩回忆，这则民谣是他从报纸上采集的，可能流行于晋南一带。至于流行的约略时间段，他没有说明。说这则民谣有趣，就在于它以极节俭的文字，扼要而直率地道出了晋南一带普通群众心中认为值得追求的四种美好东西，即所谓"四香"。它的涵盖面丰富，包括：一、口腹之欲——"猪的骨头""羊的腿"；二、男女之欲——"小姨子的嘴"（在乡语民谣中提及的"小姨子"，似乎未必如日常称谓中所专指的"妻子的妹妹"，而是以某男的口吻来称呼与其关系昵近的某女）；三、休闲欲——"黎明觉"。从创作手法上看，聪颖的民间创作者不仅在结构文字时特别留心做到语句错落有致，还注意在二、四两句的尾字押了韵，这就让人读来抑扬顿挫，朗朗上口，收到易诵易记的效果。

民谣是民俗事象和民众心声的载体。通过这则民谣，我们能够清晰地感受到彼时群众对"四香"心心念念希冀获得的那般渴求之情，用一句毫不夸张的话说，这不就是彼时晋南社会民众心目中的小康标准吗？

“老婆、儿子、热炕头”的标准，固然比“楼上、楼下，电灯、电话”的标准低得多，但由低标准向高标准的攀升过程，是需要几代人乃至几十代人坚韧不拔的努力。后人回观这一艰难的跋涉、爬坡过程，间或，也许会感到前辈当初确立的奋斗目标实在不够宏伟；但心平气静之时，依然会对前辈的行为标准充满理性而宽容的认知；对前辈们的每一步艰难、扎实的迈进，则必然产生由衷的敬佩。我们今天的文明，不就是这样日积月累得来的嘛？

正因为如此，我们有必要记住，在晋南文明发展史上曾有这样一个坐标，那就是：“猪的骨头，羊的腿，黎明觉，小姨子的嘴。”别嗤笑它的标准不高，它确实是彼时晋南人精神向往与行为追求的一种美丽境界。

二〇〇三年四月四日晚，合肥城南罗小店

风　俗

那还是二十世纪八十年代中期，我刚进纸媒工作，一次，省内卫生单位领导陪卫生部专家去淮河边农村检查儿童计划免疫接种情况，报社派我随同采访。检查结束，地方领导在蚌埠市怀远县城设宴款待检查组一行，席间，我领略了当地一种令人咋舌的敬酒方式——“走杯子”。宴会进行到一半的时候，当地卫生院负责人忽将全桌人的酒杯收聚到面前，挨个盛满酒，把左手臂平摊，将酒杯逐一放在左手掌和左手臂内侧，小心翼翼地走到北京来的专家面前，向他敬酒。相仿的敬酒方式，亦流行于鄂西神农架地区，当地名之曰：“放排”。放排，原是林场伐木时，将伐下来的木头用藤条、篾缆等索具编扎成排节，根据河流情况，再将排节纵横连接成为木排；借林场位居山上，地势较高，让木排顺流漂下，到得下游，靠岸后直接把木头售给买家。还记得那首美丽的民歌吗？“哥哥放排去山外，深深山谷雾不开。妹妹天天在山崖，盼哥平安早回来……”因满盛酒的杯子在手掌乃至手臂内侧前后相偎，与木排在溪流中漂浮时首尾连续相仿佛，故名。

依怀远当地风俗，客人应将敬酒者奉上的全部酒杯挨个端起，逐一饮尽，才合乎礼仪。显然，那位北京专家被这从未见过的阵势吓蒙了，缓了下神，他说出一句自认为很得体的推辞语：“这样喝酒不卫生。”——“我的杯很小，但我用我的杯喝水。”法国诗人缪赛这样吟唱。是呀，在文明习俗里，怎会用别人正喝着的酒杯来盛酒，再供同席另外的人饮用啦？岂料，“走杯子”者右手一挥，说：“我不嫌您脏！”显然，这是一位自我意识极强的人，他误读了专家的话，认为专家怕自己用嘴喝了酒，会污染别人的酒杯，所以不愿喝，于是，就喊出了那句豪言万丈，却丝毫未经逆向反思的话。见状，专家没辙了！嗫嚅片刻，笑言：“谢谢！我喝不了。真不行！我……”同桌陪宴的省内卫生单位领导见状，也站起来劝阻敬酒者，为专家解围。可微醺的敬酒者热情澎湃，在座的地方官员则帮着向北京专家和省里来客解释这是当地风俗。北京专家是位四十来岁的文质彬彬男子，大约，感觉实在不宜违逆地方风俗，他壮了壮胆，还是站起来，颤巍巍地拿起酒杯，一杯一杯艰难地喝起来……终于，在满堂掌声中，饮尽最后一杯酒。结果，可想而知，他很快醉得不省人事，被架离酒席，送回寝室。隔日早晨，登车返回省城，他仍称头疼欲裂。陪同诸人，自然都很尴尬——而造成如此结局的，只有一个绝对理由，就是：“入乡随俗！”

关于风俗，契诃夫说过一则极端奇绝的例子：有位胆怯的青年人去某地做客，当晚，留下来过夜。忽然，房间走进来一位八十岁的老太婆，是个聋子，手里拿着灌肠器，给他灌肠。青年人以为这是当地风俗，就没有抗议。第二天早晨，他才弄清楚原来那个老太婆搞错了。

“风俗是半法律。”老于世故者总这般谆谆教诲人们。既然如此，逢到接受敬酒，遭遇被动灌肠，也就不好轻易违背。但随意遵从或迁就，对当事人来说，大多数时候，却委实是件艰难事。比如，那位惨遭灌肠的俄罗斯青年绅士——哦，我真不敢想象那一刻他得鼓足多么大的勇气，才能忍受他误认为的那种惊世绝伦的风俗啊！

二〇一四年六月二十四日傍晚，合肥东北郊写字间

鸳　鸯

朋友童地轴曾两赴英伦，参加国际学术年会，做访问学者，考察英国的文化和历史。在英伦居住前后近二载，深得英人幽默三昧。日常言谈，他间或煞有介事地插叙一则故事，自己不动声色，闻听者却个个笑翻。

昨晚，参加朋友聚饮，我俩比邻而坐。觥筹交错间，他向我言及当代一些学者之孤陋寡闻，随口举了一例："寒冬腊月，三个学者老伯去火锅店涮火锅，接过服务员递上的'食单'，左看右观，最终决定选'鸳鸯火锅'，并点了几样涮菜。服务生将紫铜火锅端上，点火给红汤、白汤锅底加热后，往后堂取涮菜。一老伯拿起漏勺，在红、白两档汤水里飞快地抄底舀了几次，见仅舀到一小条鲫鱼和些许生姜块、葱段等用作调味的食材，不禁勃然大怒，厉声喊叫：'服务员，回来！'服务生忙折转趋前，满脸堆笑地询问有何吩咐。老伯持漏勺咚咚有声地敲击火锅边缘，愤懑质问：'鸳鸯啦？我点的可是鸳鸯火锅啊！'"说到这儿，地轴兄鄙夷地摇头说："妈的！就这水平！还高级知识分子啦?"听他形神毕肖地叙述，我笑得浑身颤动。他却唯恐我不相信，又特为点明此人就是某研究机构某某，并奉送一句评论："人镇日不出门，对外界什么都不知道，整个活迂了!"——纯真如此，不苟且如此，让我笑得更厉害了。

是的，对地轴兄举的这则"实例"，我更愿意相信是一则故事。不过，鸳鸯能吃吗？这是一道煞风景的话题，却也是一道引人入胜的话题。我的阅读有限，在读过的菜谱里，从没看过以鸳鸯为食材的菜式烹饪介绍；阅读过的名人回忆录中，有关饕餮豪宴的记述，倒是不胜枚举，但咀嚼鸳鸯的体验，却暂告阙如；甚至，在最倡导天马行空、大胆虚构的小说、电影等文艺创作里，也未见过吃鸳鸯的桥段。

当然，这东西还是能吃的。记得在《本草纲目》里，李时珍语及这种漂亮水鸟的药用价值，曾说："夫妇不和者，私与食之，即相爱怜。"那年读罢这段谬论，我当即记下了感想："其实，夫妇不和，那是人与人之间情感的不谐，与美丽的鸳鸯何干？为什么竟想到要把这无辜的禽鸟拉来充作无助的祭品呢？真不知道，这种出自穿凿附会的意念，最早是由谁想出来的。而李时珍作为一个大科学家，实在也未免太轻率，怎么能一点都不动脑筋，就有文必录或有闻必录呢?"

检索这条笔记的记写时间，竟是十二年前。哦，那时，我就能如此公允地剖析谬论，并鞭辟入里地予以抨击了。

二〇一四年十月十一日夜，合肥东北郊写字间附记：吟可从三孝口新华书店购书数册。晚，我取出《怪谈·奇谭：小泉八云集》，在灯下随意翻读，见内收一则题为《鸳鸯》的短文，梗概为——

猎师尊允某日狩猎一无所获，空手而返。坐船渡赤沼川，见河面有对鸳鸯相偎偕游。虽久闻杀鸳鸯不祥，为果腹计，其仍射杀雄鸳鸯，携猎物归宅，烹成佳肴，一顿饱餐。

当夜，尊允梦见一位貌美女子立于床前嘤嘤哭泣，斥其杀夫之恶，约其隔日在赤沼川相见，让其明晓犯下的罪行。

翌日，尊允如约来到赤沼川，伶仃漂浮水面的雌鸳鸯游至其面前，以尖锐鸟喙猛啄自身，直啄得肠穿腹裂而亡。于是，尊允剃发出家。

这是读《本草纲目》后，我见到的又一则关于食鸳鸯的描述。自然，此段文字的主旨，只是用来作劝世行善的引子，而无意彰扬鸳鸯肉之味美。

二〇二〇年四月五日夜，合肥城南稻香楼畔

燕　窝

燕窝，顾名思义，即是燕子的巢窝。不过，本文说的燕窝，不是家燕在农户房舍内外墙壁上、屋椽下或横梁上筑建的巢窝，而是指一种特别的燕子——金丝燕的巢窝。在历史上，它曾被视为高档食材，中医也用其作为药材。

《辞海》中，对“燕窝”一词的解释是：

> 由雨燕科金丝燕属的几种燕类的唾液，或绒羽混唾液，或纤细海藻、柔软植物纤维混唾液凝结于岩洞等处所成的巢窝。分布于印度、马来群岛一带。为一般食用补品。中医学上用为补肺养阴药，性平、味甘，主治虚劳咳嗽、咳血等。本品含有含氮物质、蛋白质、氨基己糖及类似黏蛋白的物质等。

这段文字要言不烦地对金丝燕的“燕窝”下了定义，并介绍了其产地、功效和营养成分。文中有两处值得注意：一、是强调燕窝产地：“分布于印度、马来群岛一带”。而读明清笔记，可知国内的广东、海南、福建等地，均产燕窝。二、上文特别称燕窝“为一般食用补品”，体现了今人的科学认识，与国人传统概念中对“燕窝”的推崇，有云泥之别。

虽然明朝人的笔记中，已出现有关燕窝食用或药用的记载，但并未将其捧上天。燕窝身份骤升，是入清以后的事。

阅读《清史稿》卷五百二十八《列传三百十五·属国三》，可窥见如下记录——

> 雍正四年（一七二六年——作者注），苏禄国王毋汉未母拉律林遣使奉表，贡方物。五年六月，贡使至京，贡……燕窝……

文中所言的“苏禄国”，为古时南洋岛国，在今菲律宾的苏禄群岛。

> 是年（清高宗乾隆五十五年，一七九〇年——作者注），（暹罗——作者注）入贡，因庆祝万寿，加进……燕窝……

上文注引的“暹罗”，亦是古国名，在今泰国。

如众所知，“珍用八物”一词最早在《周礼·天官·膳夫》中出现时，是指古代的八种烹饪方法。后人用“八珍”一词，来泛指珍馐美味或指称八种珍贵食品。再往后，有好事者，进一步将珍贵食品细化成了“上八珍”“中八珍”“下八珍”；且地域不同，“八珍”内容也有区别。但自清朝至民国，无论哪个地区萃聚“八珍”，燕窝总是跻身“上八珍”之列，排位也妥妥居前。这种现象的出现，显然与入清后，燕窝是来自番邦的贡品有关。于是，不仅在清宫帝后的御膳单中，时见燕窝名目。世人对这“皇家贡品”亦趋之若鹜，而有能力消费这稀缺价昂物品者，自然多是官僚、富商和有能力获取财物的硕儒文豪之家。在清朝文化名人、美食家朱彝尊的《食宪鸿秘》，李化楠的《醒园录》，袁枚的《随园食单》，梁章钜的《浪迹三谈》等书里，以及清代食谱大观《调鼎集》中，均有关于燕窝烹饪方法或食用心得的记载。《红楼梦》里，读者多记得黛玉长食冰糖燕窝粥，滋阴补气；其实，书中还有关于凤姐吃燕窝粥，可卿、宝玉喝燕窝汤的描写。以致清人裕瑞点评《红楼梦》，忍不住指斥：“写食品处处不离燕窝，未免俗气。”从侧面可见，赏识燕窝，洵为有清一代之饮食风气。流风所及，素以崇俭戒奢名扬当世的曾国藩，在日记、家书里，也不时留有食用燕窝，或以燕窝馈赠亲友的文字。《清稗类钞·饮食类》收有《曾文正嗜辣子粉》一条，便记载了曾氏每饭不忘食辣，进食官燕，厨师也向盂内撒辣子粉的殊令人嗤笑之饮食习惯。

想必是清朝国人对燕窝嗜好之声名过于煊赫，竟至流播海外。光绪六年（一八八〇年——作者注）进士洪勋，作为清政府官派到欧洲游历的官员，将在欧洲的所见所闻详加记录，编成《游历闻见录》一书。内载，瑞典官方和社会各界对中国客人非常友好，但因彼此了解不多，有时不免闹出笑话。如：瑞典人听说中国人宴请贵宾，以燕窝为主菜，遂想当然地认为这燕窝便是普通燕子的窝巢，十分好奇。于是，彼邦有位富商设宴款待洪勋之前，“遣人往乡野林间求之（普通燕子的窝巢——作者注）而不可得”，便在宴会上，向洪勋“极道其抱歉之意”。

记得有则笑话说，一位乡间土豪去城中富翁家做客，饮茶时，感觉茶汁清香异常，便向富翁请教沏茶方法。富翁告知，此茶系选用“二十四节气”中第六个节气“谷雨”前采摘、制作的新茶，取荷叶塘里的水，用牛屎粑粑烧茶。土豪返家，立即指导家佣如法烹沏。不知是缘于富翁语焉不详，还是土豪理解力有限，或者竟是脑洞大开，总之，他让家佣把购来的雨前新茗、舀来的荷叶塘水和从村民墙上揭下的牛屎粑粑，同放入锅里烧煮。这茶，自然无法下咽。可不知反省的土豪，却认为富翁不地道，骗了自己。

读《游历闻见录》时，我忽然想到那醉心搜求华夏文化礼俗，却不求甚解的瑞典富商，幸亏他没有听闻可用牛屎粑粑烧出好茶的传闻，不然，凭着一知半解和满腔热情，在接待洪勋时，奉上一杯“牛粪烧茶”——显然，在乡野寻找牛粪，比寻找燕窝，要方便得多，那才真令尊贵的东方客人措手不及且敬谢不敏啦。

二〇一四年七月十九日夜，合肥城南稻香楼畔

怒江美人

在程十发那色彩斑斓、兼工代写的云南风情画系列中，鲜衣红裙、婀娜多姿的傣族少女形象，是最令人难忘的抢眼妙造。犹记十余年前与一位美术评论家在茶社闲谈，听其述及程氏画中这傣族少女形象，云灵感得益于“怒江美人”。初闻，以为“怒江美人”是指生活在怒江畔的一位漂亮女性。日前读程十发传记，方知“怒江美人”原来竟是生长在当地野外一种小花的名字。

据说，程十发艺术发展重要一步，是一九五七年的云南之行，在孔雀之乡的傣族聚居地，他意外寻觅到了创作新天地。有一天，他刚过怒江，便在群山中见到一种不知名小花，万绿丛中一片红，蓬蓬勃勃地绽放树间，生意充盈。他向同车一位土著请教花名，得到回答是：“怒江美人”。“哦！” 程十发惊叹于花名与红花竟是如此贴切。云南之行后不久，程十发来到广州，在街头重见曾引发他惊叹的“怒江美人”……顿时灵感迸发，换位移情，盛开树间的蓬勃红花化作婆娑凤尾竹下的傣族美女，从此屡屡出现在程十发笔下，成为风格独特的“程家样”。替程十发作口述传记的郑重回忆，年已八十三岁的程十发在“三釜书屋”接待他时，曾深情描述当年结缘“怒江美人”的情景，尽管时光逝去已近半个世纪，老画师依然陶醉在温馨旧梦里，慨叹不已地喃喃道："去的时间太短了，时间能长一些就更好了。"可见，老人对此花萦记之深，真堪谓蚀骨难忘。

带着好奇，连翻了几部植物大辞典，希冀一睹"怒江美人"芳容，遗憾的是，未发见任何相关资料。或许，"怒江美人"仅是当地百姓对这种花的俗称吧？而收入辞典的植物，只著录其中文、英文、拉丁文学名，凭俗称或别名检索，自是难以寻觅。在这生活、工作节奏越来越快的今天，一种从未谋面且几乎完全与己无关的小花，竟能让人产生不惮翻阅辞典去探视其貌的兴趣，想来完全是因为这花名的别致吧。"怒江美人"的起名手法直白而大胆，仅是将两个名词简单复合，但由于"美""怒"同嵌，便极易让读者或听者产生一种视觉上或听觉上的冲击力，因而也便于记取。

云南是一片神秘土地，生长很多名字怪异而姿形别致的植物，如："鸽子花""豹子花""驴蹄草""独一味"。我与怒江缘吝一面，却有幸去过丽江。行走当地，常见路边河面上葳蕤生长着朵朵白瓣黄蕊的小花，密密匝匝，煞有气势，套用郭沫若《卜算子·咏梅》句略作改易，真是"万白千黄结队来，遍地吹军号"啊！伊的茎特长，竟一直从湖面延至湖底，唯留花朵妩媚探出水面，欢快地向着太阳。当地人给伊起了个怪而俗的名字："水性阳花"。像称赞某热水器的广告词："随心所浴"；称赞某加湿器的广告词："湿出有名"；称赞某摩托车的广告词："骑乐无穷"；称赞某电熨斗的广告词："百衣百顺"……一般，"水性阳花”也是个据成语点化而来的新词，写实得很，不存半点暧昧想象空间。

“怒江美人”作为一种野花，因程十发撷之作为画中傣族美女的代称而声名远播，至于其有何实际效用，则不得而知。但“水性阳花”在生活中的作用，凡到过丽江者，却必有真切感受，那就是作为一种野菜，它正被凉拌、做汤、清炒，以供天南地北的游客食用。在和当地乡民闲聊中，我甚至知悉了这种植物过去的用途，人们将其从水里连花带茎湿漉漉捞起，喂猪。

唉！只听说“红颜薄命”，孰料“白颜”命运竟也同样不堪。

二〇〇七年十一月二十五日夜，合肥城南罗小店

画家饮食

读法国画商雷奈·詹泊尔的《日记》，见有一段记载去吉维尼拜访印象派画家莫奈，在其寓所用午餐的文字，颇有趣味。可能是当日享用的美味委实令人难忘，詹泊尔大快朵颐之余，还对莫奈家午餐的上菜次序作了追记，从而使我们得以知悉那天他吃了哪些珍馐——

> 第一道菜是小点心，加上优质诺曼底牛油。
>
> 第二道是一小盅小牛肉烩饭（带菠菜）。
>
> 第三道是够五人吃的两只小鸡：第一只要烤的，要原盘；第二只要嫩鸡，要用橄榄叶烧的。
>
> 最后再上苹果馅饼、细点心和像花一般新鲜的水果！

同为彪炳千秋的画家，经济、生活状况却相异天壤。梵高天妒其才，命数俱奇，生前落寞潦倒，饮食自然无法考究。与这位“后印象派画杰”相比，莫奈运气无疑好得没边，尽管青年时期曾生活困顿，但随着画作有了市场，不仅获得巨大世俗声名，生活也力求精致。吉维尼位于巴黎沿塞纳河到鲁昂之间，莫奈自四十三岁来此卜居，直住至八十六岁辞世。其住所内环境幽美，设施齐全，有大画室——大型装饰画《睡莲》系列就是在这里创作的，有林荫路、花坛、池塘、小桥，还有一间据说是他亲手设计的厨房，室内全刷成黄色调，层次分明，十分悦目；房内摆了两个细工透雕的餐具柜，墙上挂了约五十件美术图片。坐在厨房内吃饭时，抬头便可眺望窗外的花园和那高大的花林——以豪宅雅园、锦衣玉食称其生活，应属不诬。难怪雷奈·詹泊尔在《日记》中啧啧称道："谈起吃饭，莫奈可是讲究。"

与莫奈相同，中国画家张大千也是个贪图口腹享受的饕餮，兴致来时常入厨当炊，烹制美味飨食亲朋。妻子携小女去宝岛游历，归来相告，在台北大千故居摩耶精舍一楼餐厅的墙壁上，至今还悬挂着辛酉年元宵后一日，张大千宴请张学良夫妇、张群父子等宾客时，亲笔书写的"宾筵食帖"。据妻子用相机拍回的照片看，除其中第十二道菜因菜名书写略小，看不清楚外，其余十五道菜点依次是：

干贝鸭掌、红油豚蹄、菜薹腊肉、蚝油肚条、干烧鳇翅、六一丝、葱烧乌参、绍酒焙笋、干烧明虾、清蒸晚菘、粉蒸牛肉、汆王瓜肉片、煮元宵、豆泥蒸饺、西瓜盅。

法国是美食王国，戴高乐曾说："管理一个生产三百六十五种奶酪的国家真是难上加难。"初闻，似觉戴氏是在慨叹国民精神自由、思想活跃，不易管理；不过，若结合考虑戴氏平生时刻不忘彰扬高卢雄鸡精神之一贯禀性，我们当不难发现此番话语中，所夹杂的赞誉民族文化博大、精致之自豪感。是的，法兰西菜肴确实丰富，但是，仅以上两份食帖相较，无论在撷材选料的珍贵多样，还是制作手段的精细考究方面，后一份无疑都较前一份倍加不易。

据说，张大千一九五六年到法国尼斯拜望毕加索，毕加索曾说："我真不明白，你们中国有这么高深的艺术，为什么还有人要来欧洲学画呢?"对这则令中国水墨画界人士及其拥趸长久自豪不已的孤证掌故，多年来，我始终大不敬地暗蓄一分质疑。不过，张大千若能早生几年，曾去法国吉维尼拜访莫奈，专题品评烹饪，并应邀品尝那份令詹泊尔赞叹不已的饮食，再用亲笔书写的"宾筵食帖"上之菜点回请"吃饭讲究"的莫奈一次，然后知会国人莫奈曾告诉他："我真不明白，你们中国有这么可口的美味，为什么还有人要来欧洲学烹饪呢?"我肯定相信。

二〇一一年十月九日夜，合肥城南稻香楼畔

有一腿

在徐州民祥园路，看到一家足疗店门头，挂着“有一腿”的店牌。

对“有一腿”这个民间词语的含义，稍有年纪、阅历的国人，想必都属“你懂的”范畴。若是遇到与己有关的“有一腿”事情，估计大多数人都会三缄其口。岂仅国人如此，国外一些所谓有头有脸者，遇着这种事，似乎也多选择回避态度。比如，传媒大亨默多克与生于徐州的邓文迪仳离，世间纷传导因是英国前首相布莱尔与邓文迪有染，布莱尔发言人立即予以严正否认，并称这是高度诽谤。国内媒体在转发英国《每日邮报》此条八卦新闻时，有的拟写了这样的标题《布莱尔极力否认与邓文迪有一腿》。尽管布莱尔与其发言人可能根本不懂中国词语“有一腿”的含义，也遑论这传言果为事实，或确系谣诼，但均不影响布莱尔显而易见地力图撇清与这传言关系的努力。而编辑在标题中置入“有一腿”这个俗语，则堪称“颊上三毛”，诙谐而传神。可眼前这家足疗店却偏选众人避之唯恐不及的词语来做店招，目的也是“你懂的”，正是相中它简洁而形象地勾勒出世间不正当的男女情事，希冀借助其中包含的暧昧意味，来吸引某些人眼球，最终实现顾客盈门。

记得今年夏天，去合肥万达店吃饭，见蜀江烤鱼店门前，“此地无银三百两”地支放一面宣传招牌，上写：“这一夏，相约蜀江，裙舞飞扬。凡进店消费女士顾客，穿过膝裙，享烤鱼八点八折；不过膝裙，享烤鱼八点五折。”如果说进店的大单消费者，埋单可以享受店家扣点高的打折，那是于理于情都极易理解之举。可女性食客着裙长短，也能成为区分享受消费金额打折高低的准则，以寻常情理观之，就有点莫名其妙了，因而，只能促使人们去体味这番话的弦外之音。当然，除了少儿对此语理解可能确实不易或不宜外，稍有年纪、阅历的国人，对烤鱼店知会顾客的这番话也是“你懂的”。俗话说：“十里不同音，百里不同俗。”徐州、合肥相隔数百里，但在如何最大程度地拓展商机这个目标上，两地一些店主却是“心有灵犀一点通”“英雄所见略同”。

凭“‘新文人画’代表画家”名世的大丰朱新建，绘有一幅设色《出浴图》，画了两位衣裳不整、三点乍露、双眸含情的搔首弄姿女子，上题一首打油诗：“当年三藏有骨气，不肯招惹小妖精。今看天下皆OK，何处不是盘丝洞？”朱氏画作多表现贱女淫男情事，市价炒得天高，被评论界讥为“比赵本山小品还要低俗”。但实话实说，这首俗诗词糙，理却不糙，倒是确凿地折射出鲜活的世情。盘丝洞多了，不能只片面责怪小妖精为乱，细究必有其他原因。诸如，世间色不眩目的唐三藏少了；诸如，热衷传播暧昧文化的足疗店主、烤鱼店主多了……

后世人文学者若取上述市井资料来研究今日之时风流韵，真不知会做出何般评价？

二〇一五年九月二十二日夜，

江苏徐州市中汇国际会议中心六一〇八房

敷衍

听陈巨来闲话当年上海滩艺苑文坛风流人物，好有趣。

据老先生说，一九四九年后，邃于国学的冒效鲁任复旦大学外文教授。他每读其父、著名诗人冒鹤亭的诗文，必指摘之，连呼不通；遇到“文人”“雅士”捧着诗文来请其指正，他至多读上三行，即云：“好！好！”将诗文掷还。海上丹青名手吴湖帆平日以词自炫，尝亲书小楷，付珂罗版影印，名之曰：《佞宋词》；后附《和晏词小令》一卷，乃央求女词人周鍊霞代书而捉刀者。吴湖帆求冒效鲁为词集作序，冒效鲁以其为老父冒鹤亭交情深厚的朋友，故嘱吴湖帆求其父撰之。冒鹤亭撰成序后，向陈巨来大倒苦水曰：“这词，做周女徒孙都不够格，真无从恭维之也。”吴湖帆又坚嘱冒效鲁作跋，跋成，竟莫名其妙。陈巨来后来得空询问冒效鲁为何作出这般跋文，冒效鲁笑云：“他词更莫名其妙呀。”

用莫名其妙之跋，对莫名其妙之词，冒效鲁的做法虽难避刻薄之嫌，却实在不失为无可奈何之时的一着应急妙招。

“扬州八怪”之一的金冬心，客居扬州，盐商慕名竞相延请。

一日，有个盐商在平山堂设席，宴请金冬心。席间行“飞红令”，即各人说一至两句明嵌或暗藏“飞”“红”二字的古人诗词，说不出者，则须罚酒。轮到此盐商行令，苦思未得，客人们拟罚其酒。盐商忽曰：“想出来一句了：‘柳絮飞来片片红。’”一座哗然，笑其杜撰。金冬心却说：“这是元朝诗人咏平山堂的诗啊，用在今日，正十分应景。”众人纷纷请教此诗全篇如何，金冬心背诵道：“廿四桥边廿四风，凭栏犹忆旧江东。夕阳返照桃花渡，柳絮飞来片片红。”满座客人都敬服金冬心的博洽多闻，其实这诗不过是他随口编出，替那错行酒令的盐商解围罢了。隔日，此盐商赠予金冬心一笔巨款。

金冬心肯抛费心力为盐商遮羞，显然是惦念盐商钱袋子里那几两纹银，所以尚有闲暇与其周旋。除却这丝尘念，则断不致如此。比如龚定庵，他就不做这类腌臜事。

绍兴人葛虚存于民国初年编纂的《清代名人轶事》中，所载《定庵轶事》云：“定庵在扬州时，一日于某盐商席间，酒半，行联句之令。一商云：‘正是桃红柳绿天，’定庵急续云：‘老夫人移步出堂前。’坐客大笑。”作为公认的一代诗宗、词伯，龚自珍竟违反吟咏常识，以八字作下联，来对盐商给出的七字上联，显然是自心底认为眼前胆敢行酒令这厮，端的胸无点墨，实在懒与其周旋或敷衍，干脆以噱语戳穿他的假斯文。

周黎庵是二十世纪三四十年代上海滩饶有声名的小品文作家。他十七岁搦管为文，出有《清明集》《葑门集》等多部随笔作品。在《谈龚定庵》里，其语及定庵性格，认为“最好以怪诞不羁，玩世不恭画之”，并特别举上述轶事为例，算作“可想见其玩世不恭的态度”之凿证，识见如此，委实难让人恭维。

二〇一四年七月二十日上午，合肥城南稻香楼畔

调皮的语言

尽管影城内已开始放映3D电影，网上游戏更新换代神速，连小小一款手机里也暗藏无数令老少用户俱心醉沉湎的娱乐方式，但这并不妨碍郭德纲相声走红京津，周立波“海派清口”蜚声沪上，以戏语逗说占极大比重的小沈阳小品风靡大江南北。

作为万物灵长的人类，以其丰富思想，成为世间最耐咀嚼的本体。世上第一可爱的是人，第二可爱的是书，因为书是人类思想的录记——我谙服这样的说法。当然，如果说，第二可爱的是人类思想的语言表达和文字录记，那就更全面而准确了。在电子游戏铺天盖地、狂飙猛进的今日，郭德纲、周立波、小沈阳之异军雄起，最典型地展示了语言艺术无可替代的永恒魅力。“梅须逊雪三分白，雪却输梅一段香。”极为传统的语言艺术，以其汪洋恣肆的广博和精彩纷呈的诡谲，与新兴娱乐双雄并立，颉颃同飞，一起滋润着当代人的精神世界。

其实，岂须特意去语言艺术中寻觅兴致，即对人们生活中使用的日常语言略作留心，我们同样能够收获意想不到的趣味。

黄河鲤鱼肥美无比，开封各大饭庄均取之作肴，遂成为著名地方美味。据说，旧日开封馆子的堂倌极为有礼，客人一进馆子，他便热情地领着去看清水池中放养的鲤鱼。因为鱼大，多半是一鱼三吃，头尾做萝卜丝鱼汤，中段一半糖醋，一半干炸。热情的堂倌管任何客人都叫“您老”，等客人挑定鱼后，他会问：“三吃，您老？糖醋，您老？干炸，您老？”一俟答复，便伸手抓起池里游鱼，当着客人面把活蹦的鲤鱼往地上狠命一摔，嘴里同时说：“摔死了，您老！”在这里，堂倌用了一连串省略句，简短风趣，遭遇这种语境，即使最有想象力或最无幽默感的客人也不会误认为是骂自己，而只会体味到一重宾至如归的温馨。台湾民俗学家唐鲁孙尽管不喜吃黄河鲤鱼，阔别中原数十载，在台岛撰文追忆昔日尝鲜生涯，却专辟一节叙述当年在开封吃鲤鱼的感受，字里行间，对饭庄堂倌服务场面的模拟极为传神，于其服务殷勤的称颂更是不遗余力。

使用残缺不全的省略话语，让听者感到无限温暖，如沐春风，此为语言调皮之一面；而真情的商榷陈述，对方听来却芳心暗跳，双颊绯红，这又展示了语言另一面的淘气——

作为混合语言的中国洋泾浜英语，已引起国际语言学界与文化史界注目，有多位中外学者选其为研究对象，撰成论著。昔日操用这种词汇有限、音位简化、语法简单之语言者，多是早年未正式学过英文而于洋人在华机构或家庭打工的华人。他们说的这种滑稽英语，尽管任意拼凑，发音不正，文法不对，但洋人却能听懂。名中医陈存仁二十世纪上半叶在沪上悬壶济世，与“十里洋场”中各色人等皆有交往，曾讲述了包括大名鼎鼎的虞洽卿在内之许多使用这种语言者的逸事：有位华人在西人家中当厨师，用洋泾浜英语报告主人厨房中老鼠太多，因为猫捉老鼠，碰碎了好多杯碟：“吱吱Too much，咪咪Run run，布碌打碎cup。”又有一个华人男厨，上工前与女主人商议工价和食宿说：“Twenty dollar one month，Eat you，Sleep you.”意思是：“月薪二十元，吃你的，住你的。”陈存仁说：“女主人听了这话，面孔都红起来了。”

如此暧昧撩人、有失体统的言语，竟也一本正经道出，难怪女主人满面羞赧。纵然语出无意，这滑稽的蠢仆还是该揍。

二〇〇九年十一月十日晚，合肥城南稻香楼畔

“古代鸭蛋”种种

给菜起名是一门艰深学问，其不易处在于必须兼顾两点：既表明菜肴主辅材料，又体现一定文化意蕴。

过于直白，如：“萝卜炖排骨”“香椿炒鸡蛋”“板栗烧鸡”，虽然食客读来就懂，却因为缺乏文化色彩，一些人视其为登不了大台面，故只能在小饭庄的食单上出现，极少在大酒店的菜谱中露头。

而一些片面追求典雅的菜名，则往往语焉不详，令人不知所云。“蝴蝶过河”，又名“蝴蝶飘海”，是“巴陵全鱼席”中的菜肴之一，未享用前，首次在菜谱上见着它的名字，您一定不会知道这是黑鱼肉片和笋片经烫煮而成的一款美馔。同理，不谙熟淮扬佳肴者，仅闻听“炝虎尾”之名，也断然不会想到它是取笔杆黄鳝的尾肉，焐熟、烫透，再浇上鸡清汤、盐、酱油、味精、胡椒粉、黄酒及在油锅中熬呈金黄色的蒜泥，制作而成的一款名菜。

至于一些饭店、酒家借弘扬文化之名，行忽悠进而坑宰顾客之实，则最是要不得。“红烧猪大肠”，原是极平凡的家常菜，可在第十一届北京亚运会期间，当地一些饭店竟称其作“红烧五环”。二十世纪九十年代中期，歌曲“妹妹你坐船头，哥哥在岸上走，恩恩爱爱纤绳荡悠悠……”唱红大江南北时，又有店家将这首歌的歌名“纤夫的爱”，移作“红烧猪大肠”的新名，取猪肠之形如荡悠悠缰绳之状……如此画蛇添足的与时俱进，似乎实无必要。前不久，一位大学同学往深圳公干，回来后，笑谈在当地一家五星级饭店宴客，见菜谱上有道凉菜名叫“乌龙卧沙滩”，价格为七十五元人民币，认为是凉拌海参，点了。上桌方知，不过是在一只铺了层浅浅白砂糖的碟内，放了一条剖成两半的黄瓜！

当然，此类忽悠或坑宰食客现象，不独今朝才有，往昔也不缺乏；并非仅存敝邦，外域也可见着。以力倡“写意戏剧观”闻名戏剧界的导演兼戏剧理论家黄佐临，出生于“买办资产阶级”家庭，对饮食素所留心。他年轻时游学欧洲，在德国一家餐馆门口，看到贴有一张供应“古代鸭蛋”的广告，好奇心顿起，遂进店用餐，并点了这只菜。待侍者端上菜来，才发现是中国的松花皮蛋。归国数十年后，已被同道称作“黄老”的戏剧家语及当年在异邦的这次遭遇，印象依然深刻，他将彼时感受归结为极简的四个字：“啼笑皆非。”

二〇〇七年五月二日下午，合肥杏花公园北邻罗兰德小区

“尔又醉耶！”

《现代汉语词典》（第七版）里，介绍“醉”字用法，首先指出“醉”作动词用，指：饮酒过量，神志不清。另外，还有“沉迷；过分爱好”“用酒泡制（食品）”等意。以“醉”开头的词很多，如：醉鬼、醉汉、醉话、醉驾、醉酒、醉人、醉生梦死、醉态、醉乡、醉醺醺、醉眼、醉意……大多与饮酒过量有关。

醉酒，医学上称为“急性酒精中毒”。是指一次饮入过量酒精或含酒精饮料，饮酒人中枢神经系统先兴奋进而抑制的状态，表现出一系列的中枢神经系统症状和体征，诸如言语增多、兴奋激动、狂躁易怒，平衡能力下降乃至神志不清、昏迷等，并会对人体重要脏器造成损害，严重的可致呼吸衰竭、心力衰竭或呼吸循环衰竭而猝死。

现实生活中，“醉酒”一词使用，随语境变幻，丰富性尤令人惊诧。

一

夜色朦胧，少男少女于野外、街头或娱乐场所邂逅、约会，擦出情爱火花，古今中外皆然。“月上柳梢头，人约黄昏后。”“踏歌夜结田神社，游女多随陌上郎。”说的就是在迷人夜色里，男女相悦，以至两情缱绻的。自然，也有遇人不淑，情路坎坷的。

福楼拜的短篇小说《一颗简单的心》，通过日常生活细节，描述了女仆费莉西泰平凡而善良的人生。其中有一节，说费莉西泰满十八岁了，八月的一个晚上，被拉去参加乡村游园会。喧闹的提琴声，树上的灯饰，周遭绚丽多彩的衣裳、金十字架和丝带，以及那些随音乐跳动的村民，让初临这种场景的费莉西泰茫然无措，怯生生地立在一旁。这时，一个看起来很有钱的年轻人，走过来邀她跳舞。他为她买了苹果汁、咖啡、蛋糕和一条丝绸围巾。他以为她已领会自己心思，便提议送她回家。走到燕麦田边，他愣头愣脑地将她推倒在地。她吓得尖叫起来。于是，他跑了。这是费莉西泰感情生活中遇到的第一个追求者——泰奥多尔。数日后的黄昏，两人在路上偶遇，泰奥多尔面无愧色地走到费莉西泰跟前，说她应该原谅他那晚的失礼，“毛病出在酒喝多了”……

“酒喝多了”，即为“醉酒”——世间一些爱讲面子者青睐此词，正是欣赏它具有这重可充作遮羞布使用的妙处。不过，有人却对在诸如此类场合滥用“醉酒”一词，予以质疑：那年，新徽派版画作品作为“中·法文化年”系列美展内容，赴巴黎展览。版画家归来时，淮北市口子酒厂设盛宴接风，安徽省版画艺术委员会邀我同往。觥筹交错间，有人言及“酒喝多了，人犯迷糊，易做出逾规越矩事”。座中一位资深酿酒师应声驳斥：“酒后逾规越矩，责任不在酒，是做事人意识有问题。”

啧啧，这话说得多煞风景。让那些嗜做没面子事的爱面子人，情何以堪。

二

东坡一生虽数度遭贬，命途多舛，由于名满天下，每至一地，总有喜文嗜学之士，环绕追随，切磋求教。而受其熏陶，其妻族亲属爱好舞文弄墨者，也颇有几位。

有个叫王祈的苏轼妻族亲戚，喜与东坡谈诗论句。《王直方诗话》记载，一次，王祈告诉东坡，自己“有竹诗两句最得意”：“叶垂千口剑，干耸万条枪。”请东坡指正。东坡笑着指出此诗的荒诞：“好则极好，则是十条竹竿，一个叶儿也。”所以，东坡曾由衷而言：“世间事忍笑为易，唯读王祈大夫诗，不笑为难。”苏轼还有一位妻族亲戚，名王禹锡，即东坡文集中提及的“王十六秀才”，也是个“东坡迷”。他喜欢收集东坡书法，还携诗向东坡求教，曾将所作贺雨诗中的一副“佳联”，背给东坡听：“打叶雨拳随手重，吹凉风口逐人来。”听罢这堪与“撒盐空中差可拟”相颉颃的顺口溜，东坡直言：“十六郎作诗，怎得如此不入规矩？”禹锡赶忙云：“是醉时所作。”异日，又持一轴诗稿呈示东坡。东坡读后，幽默地说他：“尔又醉耶！”

于此可见，欲指斥他人之误，又不想过于损其颜面，可佯责其酒醉，主动替其转圜——这可以说是“醉酒”一词的另一妙用。

三

书画鉴定以及由此展开的一系列学术考证、研究与争鸣，是收藏鉴定史上最引人入胜的篇章。旧时，每个大收藏家身后，均有知识精湛的鉴定家作掌眼人，为其甄别真伪。随着书画交易从专业圈进入市场，真伪争议形式愈益纷繁，端的“乱花渐欲迷人眼”。

郑逸梅《艺林散叶》三〇七九条记载：“吴湖帆藏有黄山谷书太白诗草书卷，首句：‘迢迢访仙城’；又藏米襄阳书多景楼诗册，有句云：‘迢迢溟海六鳌愁’。因请张大千绘迢迢阁图，并以明代青田石倩陈巨来刻迢迢阁三字朱文印，更制迢迢阁用笺。”足见吴湖帆对黄山谷书太白诗草书卷之宝重。一九五三年，经谢稚柳鉴定，确定这轴草书卷是赝品。吴湖帆闻讯，当面反对谢稚柳的判断，说：“大家都说真的，就你说是假。”谢碍于与吴同为沪上画友之情面，勉强回答：“我说写得不好。”于是，吴湖帆说：“是喝醉酒写的。”郑逸梅所言《黄山谷书太白诗草书卷》，世间多称作《黄庭坚书太白忆旧游诗卷》。据明代书画家沈周考定，此卷为黄庭坚在绍圣年间被贬黔中后所书，是黄氏晚年草书代表作。沈周在此草书诗卷题跋中盛赞：“山谷书法，晚年大得藏真三昧，此笔力恍惚，出神入鬼，谓之‘草圣’宜焉。”真本被日本京都藤井有邻馆收藏，系该馆镇馆之宝。东瀛出版物对此草卷作过介绍，囿于二十世纪前期及中期，中日两国处于特殊关系阶段，文化交流渠道极不畅达，吴湖帆始终未能看到真本。

那么，对吴湖帆给出的黄山谷“醉书”太白诗草书卷这滑稽说法，如何评价啦？实在欲置喙，大约，也只能说：“醉酒的妙处之三，在于还可教人如何替自以为是者遮羞，乃至助自欺欺人者圆谎。”

二〇二二年四月二十五日凌晨，合肥城南稻香楼畔

子孙果盒

明朝陆容所著《菽园杂记》内，有则《江西民俗勤俭》，记载了赣人在饮食方面的种种俭省习俗，其中之一是："劝酒果品，以木雕刻，彩色饰之，中惟时果一品可食，名曰'子孙果盒'。"取"子孙果盒"之名，真是万分熨帖——只要木雕的果品不遗失、不损坏，即使表面色彩消退，重新饰之，新鲜依旧，岂仅止用于子孙，子孙之子孙依然可用。难怪陆容录记时慨叹："节俭至此，可谓极矣！"

这般中看不中吃物品，今日酒宴上是不存在了；但最起码延至近现代，依然可见有关文字记载。唐鲁孙去台湾后写的《大江南北谈吃鱼》一文，追述当年穿梭大陆各省品尝鱼鲜经历，曾特别忆及在西北的一次亲历："记得有一回我到甘肃考察，足足两个月吃不到鱼。一天，有位友人请吃饭，没想吃到一半，竟来了一盘糖醋鱼。大伙儿太久没尝鱼鲜，不禁食指大动，都想先尝为快。谁知举箸一夹，居然笃笃有声，仔细一瞧，竟是一只淋了糖醋作料的木刻鱼。主人歉然解释，甘肃不易弄到鲜鱼，用木头鱼以象征诚意罢了。"唐氏为人宽容，为文理性，他将这"看鱼"

现象产生原因，归结为“中国虽然是地大物博，但不见得每个省份都产鱼，像陕西、甘肃这些地方，鱼产如凤毛麟角”，应当是符合那个交通闭塞时代之西北实际状况的，我信服他的判断。

与唐氏相仿经历，有人在戴高乐家中也感受过。据戴氏研究专家布赖恩·克罗泽撰著的戴氏权威传记记载，“二战”后，戴氏因自身愿望被党派斗争粉碎，愤而从总理位上辞职。退隐岁月，素来高傲的他拒绝接受法国政府照顾和外国政府与名人的赠予，仅靠养老金支持全家生活。手头拮据，饮食只得俭朴。自家粗茶淡饭还好对付，客人上门则难免窘于款待。法国人待客，有饮餐前酒习惯，于是，客人过访戴家，餐前虽也会得到女主人奉上的酒觥，只是入口方知，饮的是白水——当然，这酒觥内容物，不能称作“看菜”，而应谓之“看酒”了。

走笔至此，聪明的读者或许会补充说，世间还有“看饮”，比如：“罗斯福咖啡”。煮过再煮，淡而无味，名曰咖啡，实为白水。但我不认可这样的观点。如众所知，罗氏平素秉持马基雅维里所言政客“既需像狮子，又需像狐狸”的从政理念。明白“罗斯福咖啡”一词产生原委，明眼者自会了然那是罗氏与记者闲聊时，不小心说漏嘴后，为保住自己在善良国民中循章守法、奉公戒贪的良好形象，而即兴替自己设造的一个可供安全着落的平台。也就是说，为了现实需要，他又机警地扮了一回狐狸——一只令人作呕生厌的小狐狸。

作为一个有着名门望族姓氏、过惯养尊处优生活的公子哥儿，罗氏一生风流韵事多多，可谓：家中红旗不倒，室外彩旗飘飘。他多年与一芳名露西的女子私通，即使露西已嫁做人妻，罗氏也因患脊髓灰质炎而瘫坐躺椅，两人依旧常在白宫幽会。最使人感到意外的是，“二战”中，罗氏在出行途中还曾设法直接去露西家看望她而世人却毫不知晓。罗氏死后，其最信赖的随从披露，采用办法是告诉总统的随行记者团，对总统行踪要实行战时封锁。换句话说，他们不准写有关总统游龙戏凤踪迹的任何消息。啧啧，好一个“战时封锁”，绝妙的借口。对这样一位平素漠视道德的享乐主义者，你还能相信他会为了遵从所谓的“战时配给制度”，像一名清教徒那般自觉自愿地放弃人生享受吗？

因此，若说身处战时的那些美国草民饮的“罗斯福咖啡”是“看饮”，我相信。但要说罗斯福每晚所饮并被其称作“是把早晨煮过的咖啡渣再煮一次”的那一杯杯饮品，也是“看饮”，则难免背负极易被政客耍弄、看问题缺乏直击事物实质目力之讥了。

二〇〇六年六月九日晚，合肥城南罗小店

店　名

市井里巷，小饭店、小酒馆多如繁星，竞争激烈。想吸引宾客，菜好酒香，自是立足王道。但起个有趣店名，令食客乃至路人过目难忘，虽不能说是事半功倍的捷径，却也不失为绿叶扶花之烘托。

有天，听同事说日前在市内一家小饭店，吃了一道红烧肉，味道真好。听她说得津津有味，感觉那滋味自是不差，思想着有空也去见识一下，便问同事这家小饭店所在区位与店名。她准确报出了区位，言及店名，却说："记不得。"我便慨叹，那个区位，小饭店聚簇，不晓得店名，真不知道如何摸去。同事高声提醒道："'记不得'，就是店名！"我这才恍然大悟，并感到店主想必是个趣人，当然，还略有心机，懂得大众认知心理。

我供职的报社，原先，在市中心老城区，社址西南面有个极小的临街酒铺，名叫"史记酒家"。虽一次没光顾过，但从店前走过，却数见同事或熟人在店里小酌。一位去喝过酒的同事回来说，店主姓史，便替酒店起了这个店名。我对这爿小店留下较深印象，就在于它十分写实的店名，让人读来，却极富外延性，不由得联想到太史公和他的不朽名著，由衷地感觉这家店主和他起的店名，都不俗。

去城市东区公干，经过一个社区农贸市场，路边有家小酒店，店额赫然题写四字：“成龙狗肉”。从门前过，瞅着那店招，便感觉有趣。此店得名，不知是店主名叫“成龙”；抑或是店主看过大名鼎鼎的《少林寺》电影，受片中众武僧偷食狗肉那经典镜头启发，遂想当然认为天下习武者俱嗜食狗肉，便擅取当世华人武打巨星大名，来充作自己做生意店铺的名字……总之，店名让人浮想联翩，连带着酒店也让人难以忘怀。

民国年间的清华大学外文系教授吴宓，有“红楼癖”，曾发表《论紫鹃》，推誉紫鹃对黛玉爱护最纯粹，文尾更俨然以紫鹃自喻：“欲知宓者，请视紫鹃！”在西南联大，吴宓的《红楼梦》讲座十分闻名，听者常挤满教室。生活中，吴宓也像紫鹃一样关爱黛玉。联大新校舍对面有一家湖南人开的馆子，名曰“潇湘馆”。吴宓见后，勃然生怒，认为唐突了黛玉，竟跑去店里，砸了碗碟，并勒令店主易改店名。那湖南籍店主也是个牛脾气，坚持不改，双方争执不下。后来，还是依赖中间人出面调解，将“潇湘馆”改作“潇湘”，才了结这桩堪称无事生非的闹剧。

坊间纷传钱锺书当年离开西南联大之际，曾公开点评外文系“三巨头”：“叶公超太懒，吴宓太笨，陈福田太俗。”尽管杨绛撰文矢口否认钱锺书有此说法，但否定的同时，又忍不住直陈：“我听到同学说他（吴宓——作者注）‘傻得可爱’，我只觉得他（吴宓——作者注）老实得可怜。”从吴宓勒令店主易改“潇湘馆”店名之荒唐逻辑与滑稽举动来看，此翁确实“笨”，而且“太笨”。只是，若换个角度，从研究者对研究对象的痴迷与尊崇来看，则不得不承认吴宓是一个有温度的学术中人，尚保留一份赤子的天真。于是，世间便有了这则为了维护小说中人物林黛玉的清雅形象，一位名教授不惜舍弃读书人斯文，去怒砸一个小酒馆场子的风雅笑谈。世间的“司马迁迷”“成龙迷”，固然不少，却从没听说有哪个拥趸为维护心目中偶像的尊严，去砸“史记酒家”或“成龙狗肉”的场子。

二〇二一年九月十四日中午，合肥城南稻香楼畔

好吃得让人惭愧

日本电影《入殓师》内，有几个令人难忘的美食桥段：小林大悟与妻子美香吃米泽牛肉火锅，小林大悟与美香吃鸡肉火锅，佐佐木社长请小林大悟享用烤河豚鱼白，佐佐木、小林大悟与公司女秘书圣诞夜聚餐吃炸鸡肉……

日本电影学者佐藤忠男解析这部影片时，曾说："日本人的生死观里，生与死没有明显界限。影片常在情节转折点安排与生死有关的动物：大悟失业，夫妻二人放生章鱼，决定回老家；初次受挫时，他见到水中漂走的鱼尸。此外，几次出现天鹅，高贵纯洁之外，更是对生的渴望象征。"他还特别向观众指点："不应忽视的还有吃河豚鱼白时的赞叹，至于圣诞夜吃鸡肉的镜头，更是强调只有摆脱死的阴影，人们才能享受人生，坦然而活。"了解这些桥段的寓意，无疑更益于欣赏其在情节推进中的起承转合作用。

闲话少叙，这里只想斟酌一下片中称道美味的一句译文。佐佐木社长在摆满盆栽植物的居室顶层，正独自饮酒，吃烤河豚鱼白。小林大悟前来辞职，话没出口，便被佐佐木延请入座，奉上一丸烤河豚鱼白。小林大悟享用后，深为此肴鲜美而惊诧。佐佐木问他对此菜的感受，小林大悟颔首称道不已，佐佐木也由衷赞叹："好吃得让人为难!"

河豚鱼白即雄性河豚鱼的精巢，又名西施乳，甘腻细嫩，味美异常，以至民间有"不食鱼白，不知鱼味。食过鱼白，百鱼无味"的说法。对片中吃烤河豚鱼白这个桥段特别喜欢，两次观看央视电影频道播放的《入殓师》，虽明晓佐佐木所说"好吃得让人为难"，是称赞烤河豚鱼白味美，却总因这句对白译文与国人语言习惯差异太大而深感别扭。

翻检《现代汉语词典》，对"为难"词目的解释是：一、（形容词）感到难以应付：为难的事、叫人挺为难的。二、（动词）作对或刁难：故意为难。显然，都不包含赞美的意思。

我也留心了一下网友对这句译文的评价意见，比如，"franknleo"在"新浪博客"上发表博文，叙述自己在常州食河豚鱼白的感受，说："到底什么是鱼白呢？按照术语来说，就是河豚鱼的精囊。幸亏吃的时候还不知道，不然我肯定不吃，怪不得电影里说：'这东西好吃啊，好吃得让人为难……'"网友"安东"在"豆瓣电影"社区解释"河豚鱼白是个什么东东"时，将这种感受表述得更直白："知道了河豚鱼白是个什么东东，我们也就了解了《入殓师》里的老先生为何要说：'这东西好吃啊，好吃得让人为难……'再好吃，毕竟吃的是人家的精囊，这个事情，有心理洁癖的人多少难免会有些为难……"如果仅局限于表述佐佐木、小林大悟吃烤河豚鱼白的感受，译成"为难"，似乎还说得过去。但细心的观众肯定记得，其后，在圣诞夜公司聚餐时，佐佐木称赞炸鸡味美，又重复了“好吃得让人为难”这句台词。而炸鸡是世界上大多数地区和民众公认的传统美味，享用时应无任何心理不适之感，可剧中人此刻依然沿用“为难”一词来修饰对美味的赞誉程度，这就清晰地显现出翻译者的择词习惯了。而我，对这例择词，真的不认可。

并非仅我一人对这翻译不以为然，网友“渔三郎”也说：“佐佐木社长对鱼白的美味如此赞叹：‘好吃得让人为难。’这句话，我一直对翻译有异议，我觉得‘好吃得让人欲罢不能’应该更为贴切一些，也更容易让人理解。”当然，他遭到了显然对日语略有所知的网友“笃春馆馆长”的反驳：“还是‘好吃得让人为难’这种译法更有味道，不仅符合原日语句子一种含混的表达，也符合日语的习惯。‘欲罢不能’，这种说法过于直白，对于日本人来说，也过于直接了。”

那么，我们能否寻找一个既表达含混，又文质彬彬，更熨帖且顺畅的词，来置换“为难”？这个念头令我为难了良久，却未寻得。

近读晚明张岱的《天镜园》，内有一段：

每岁春老，破塘笋必道此。轻舠飞出，牙人择顶大笋一株掷水面，呼园中人曰：“捞笋！”鼓枻飞去。园丁划小舟拾之，形如象牙，白如雪，嫩如花藕，甜如蔗霜。煮食之，无可名言，但有惭愧。

立时省悟，在汉语使用中，“惭愧”一词，除包含“因为自己有缺点、做错了事或未能尽到责任而感到不安”的意思外，还可作感幸之词，含有多谢、难得、侥幸之意。元稹《长滩梦李绅》诗：“惭愧梦魂无远近，不辞风雨到长滩。”苏轼《浣溪沙》词：“惭愧今年二麦丰，千畦翠浪舞晴空。”张寿卿杂剧《谢金莲诗酒红梨花》第一折：“（赵汝州云）小生惭愧，有缘遇这个小娘子，许我明夜再会。”吴敬梓小说《儒林外史》第三八回：“郭孝子扒起来，老虎已是不见，说道：‘惭愧！我又经过了这一番！’”皆可作生动明证。既然如此，若将佐佐木那句由衷赞语译作：“好吃得让人惭愧。”想必既达且雅，不仅符合日语含混表达的意味，同时也更宜被中国观众接受。

是的，就是你了——“惭愧”，这个让我梦里寻觅千百度，蓦然回首，却在灯火阑珊处的可意词儿。哦，此刻，我真高兴，高兴得让人惭愧。

二〇一一年二月九日凌晨，合肥城南稻香楼畔

第四辑 界外高手

粗人秀语

晚清学者周寿昌所撰《思益堂日札》，卷七收有一组《读曲杂说》，其第七则云：

> 元人院本杂剧极有工者，然多贪好句，不甚切本人口吻。……康进之亦元人高手，其《李逵负荆》杂剧第一折[混江龙]云："可正是清明时候，却言'风雨替花愁'。和风暂起，暮雨初收。俺则见杨柳半藏沽酒市，桃花深映钓鱼舟。更和这碧粼粼春水波纹绉，有往来社燕，远近沙鸥。"其词非不圆美，然出自李逵口中，亦何可笑。

元代著名戏曲作家康进之的杂剧《李逵负荆》，说的是在梁山泊附近杏花庄开酒店的王林，被冒称宋江、鲁智深的恶棍掳走了女儿满堂娇。李逵趁山寨清明节放假，下山饮酒，听王林哭诉，怒返山寨，大闹忠义堂，叱骂宋江、鲁智深玷辱梁山名誉。三人同去酒店对质，李逵方知错怪了结义兄弟，负荆请罪。随后，会同鲁智深擒获抢劫民女的贼人，维护了梁山声誉。前示周寿昌所引那首包括“风雨替花愁”在内“可笑”句的[混江龙]，便是此出杂剧中李逵假日踏青赏玩，带醉欣赏梁山泊山水美景时唱的一首曲子。

一个每遭逢不遂心事，辄嗜抡双板斧“排头砍去”的莽汉，在这里竟被写成了见花落泪、闻鸟伤心的林妹妹，难怪周寿昌认为可笑，世间人十九想必也会附和周的结论。但“理论总是灰色的，生命之树常绿”，若于纷纭众生中，寻找一个驳斥周寿昌“可笑论”之实例，似也不难。九一八事变后，曾任伪“满洲国国务总理大臣”的张景惠，就差可充作这例驳证。

作为一个乡村卖豆腐出身的赌棍，张景惠因离家出走、当过胡子而声名鹊起。他与李逵生年虽相隔数百载，但均酷嗜赌博，并俱有在“绿林大学”培训的履历。区别只是，一个在“绿林大学”北宋山东梁山分校就读，另一个则求学于“绿林大学”晚清辽宁台安分校。

当然，张景惠的经历更富传奇性，后来不仅成为张作霖把持下的东北大佬，还成为溥仪伪“满洲国”的辅弼。可恨的是，知识从不会随着官阶升迁而提高。于是，有关其粗俗的笑话，也就如影随形地伴随他整个仕宦生涯——

笑话一：张景惠在东省特区当长官时，曾参加警官高等学校毕业典礼。校方请长官向学生训词，他登上讲坛后，看着外边在下雪，即言：“今天下雪了，训词没带来。”说完这两句话，就走下了讲坛。

笑话二：新京有一座祭祀关东军阵亡者的“忠灵塔”，关东军每年都要举行慰灵祭。有一次，张景惠参加祭典，他缓步登上台阶，站在碑前，开始读悼词。片刻后，却从高高的石阶上慢慢走下来，从容不迫地自列队站立的关东军司令官和参谋长等众人面前走过，一直走到总理秘书官松本身边，问了悼词中一个他不认识的字，然后又慢慢悠悠地登上石阶，把悼词读完。在场众人，初见张中途走下台阶，都大吃一惊；得悉原委后，方恍然大悟……

但“衙门口放个棒槌，三年都能成精”，张景惠的秘书高丕昆回忆，在一个宴会上，有人敬张景惠烤鸭头，他当即引用史湘云在宝玉生日宴上说的诙谐话打趣道：“这鸭头不是那丫头，头上那有桂花油?”高自称没想到大老粗还会说这样的俏皮话，十分惊讶。相随张景惠多年的副官张书舫也说，张景惠在宴会上往往唱鼓词，并报了他常唱的两个曲目。之一是《武松打虎》，这是表述“绿林大学”北宋山东二龙山分校与梁山分校校友事迹的，张景惠喜唱此曲目，尚不让人过于讶异。关键是，他爱唱的另一个鼓词曲目，竟是《黛玉葬花》！这就似乎存心和周寿昌抬杠了。

二〇一七年八月二十八日凌晨，合肥城南稻香楼畔

才子语

才子文章，结构精巧，出语新奇，读来令人逸兴遄飞，过目难忘。只是，为文之道，遣词造句妙在出人意料，贵在合乎情理。若落笔过于苦心孤诣，务求“语不惊人死不休”，有时，文章确显个性，也实现了“惊人”目的，但语意悖逆世态人情，结果，“直饶钉嘴铁舌，未免弄巧成拙。”

暇时喜翻阅美食文字，浏览中，间或便产生这般感受——

梁实秋随笔写得饶有韵致，谈起吃来，更是眉飞色舞，妙语迭出。《烤羊肉》《烧鸭》《狮子头》《生炒鳝鱼丝》《炝青蛤》《火腿》《酱菜》《汤包》……俱是生动佳构。可在《笋》中，其云：“我从小最爱吃的一道菜，就是冬笋炒肉丝，加一点韭黄木耳，临起锅浇一勺绍兴酒，认为那是无上妙品——但是一定要我母亲亲自掌勺。”这末一句，如作抒情语用，像今天诸多家常菜馆自诩的“妈妈的味道”，尚可理解。若作平实的叙述语来看，则令人无从置喙。

袁子才是诗文高手，性嗜美食，所著《随园食单》不仅在国内影响较大，在欧洲，有法文译本和英文节译本面世，东瀛也出版了日文译本。读者咸喜称道此书保存了众多食谱，是将该书简单视作了“烹饪工具书”，降低了书的格调。其实，此书最可贵处，在精辟阐释了饮食文化思想，单看起首那篇“序”及“须知单”“戒单”两章，体悟作者谈论美食那高屋建瓴的视角，经天纬地的缜密，纵横捭阖的论证，生动精准的叙述，便知此书绝非依赖单纯的才子笔调可为，实非圣手而难成。只是积习养就，轻易难改，书卷中间或飘出的“才子语”，读后，亦颇令人啼笑皆非。在《特牲单·白片肉》条中，袁子才以寥寥百余字，递次叙述了“白片肉”的取料、制法、割法；见缝插针地介绍了“白片肉”的制作时辰、肉的割取之处和上桌时的肉温掌控；要言不烦地介绍了北人制作此菜较南人擅长，因主料量大、寒门难为，肉的割法违背圣人所言割肉语，以及猪身肉之名多且妙。总体观之，不愧是一篇趣味盎然的才子文章。唯条首所言那句“白片肉”取料来源：“须自养之猪，宰后入锅。”不知其他人读后，感受如何。反正，我是被它噎得无话可说。若让我来点评这“才子语”之优劣，则只能说它是一句不折不扣的鬼话。

二〇一八年四月十三日凌晨，合肥东北郊写字间三〇六室

迟来的“肥”味

去天柱山避暑，归来经潜山县城，参观了张恨水纪念馆。这是一个面积不大的展馆，但展品丰富、文字翔实，让我较为全面地领略了一位现代作家的精神风貌。

据说张恨水一生写了一百二十多部小说和大量散文、诗词等，共三千余万字，现代作家无出其右者。在他的“文房四宝”展台前，看着其生前所用那数方窄小、简陋的砚台，百感交集。老辈作家真有毅力，张恨水就是凭着几条墨锭、一捧毛锥，在这些小砚台上磨墨濡毫，完成了那么多著作——其间，还数番罹患重病。

一九六一年六月二十日，中国文联工作人员沈慧去张恨水家送“副食品购物证”，回来向组织汇报了张恨水的近况与思想。这纸汇报笔录，放在纪念馆出口旁的展柜内，内容分为两段，下段是张恨水谈当时的创作进展，上段则是叙述自己在那食品极度匮乏年代的窘况。张说：“人老了，穿不穿都没关系，只想每顿都吃点有味的东西。可是，现在每人每天只能买到七两青菜，还要排半天队，火辣辣的天又不下雨，真够受的。现在有了这个副食品购物证，那就太能解决问题了。你看我骨瘦如柴，肚子里一点油都没有了，希望这张购物证可以买到点油。”

张恨水此时距去世仅有不足六年时间，结合其自一九四九年中风后，卧床治疗多载，身体一直不好；经历了为弥补入不敷出，忍痛卖掉原居大宅院，迁入小四合院和丧妻等生活打击；以及欲写“关于陈胜、吴广”的书，苦于对新文艺政策隔膜，未能成文；虽陆续发表《梁山伯与祝英台》《秋江》等十三部中、长篇小说，但世事沧桑，较之当年风光，相去不啻霄壤等创作失意……可见其向沈慧倾诉的这通家常絮语，真的言近旨远，句句含泪，让人听来好伤心！不管怎么说，让文学家忍饥挨饿，让人民忍饥挨饿，总是执政者的过失。唐玄宗曾言：“吾貌虽瘦，天下必肥。”有人斥之为封建帝王的装模作样，可他毕竟还挤出这么一句矫情语。后来的执政者如决策失误，造成全国性的粮食短缺和饥荒，却仅以“三年困难时期”为借口来卸责，那就太缺乏担当意识，太没有“为人民服务”的良知与风范了。

山间三日，不看电视，没有上网，过的是与世隔绝的日子。回到城里，翻阅报纸，一则新华社稿件《科学家发现第六味：“肥”》，引起我的兴趣。此稿说，科学界目前普遍认同的人类基础味觉，只有酸、甜、苦、咸、鲜五种。至于人们熟知的辣味，仅是一种感受。而涩味、麻味、金属味等，也只是基础味觉掺杂在一起的感受，或者是基础味觉和痛感、麻感等味觉与感受混杂的味道。但美国珀杜大学科学家新近确认出第六种味觉——肥。据撰稿者叙述，“肥”味有点腻，有点香，有点脂肪味。他还形象地描述:“那是一种当你一口咬住一块多汁的牛排时那种感受,是你把一滴橄榄油滴在舌头上的味道。”并直陈此味发现,或带动一场食品工业革命。因为若把“肥”味提炼成一种作料,到那时,想把黄瓜吃出烤肉的味道来,恐怕不再是件难事。

我的食品科学知识固然有限,却尚能明白纵使从黄瓜里吃出烤肉的味道,口中嚼的依然是黄瓜。当然,并不能因此便否定此项发现的意义。在读这篇新闻时,我立即想到了可怜的张恨水,不知“骨瘦如柴,肚子里一点油都没有了”的他,那年凭沈慧代表组织送去的“副食品购物证”,是否买到了渴盼已久的油?即使侥幸买到,在那个岁月,估计也是数少量微吧。设想那时若有“肥”味作料,我们的“通俗文学大师”不就能从七两青菜中吃出烤肉味道了吗?尽管那不是烤肉,但在真物无法获取的年代,能获得“一种当你一口咬住一块多汁的牛排时那种感受”,也就是说,有个美丽的梦,也多少可以让充满饥馋感的心灵获得片刻抚慰或麻醉了。

只是,这“肥”味的发现迟了半个多世纪。悲夫!

二〇一五年七月三十一日下午,合肥东北郊写字间

“我的大！我的大！”

那年，朋友从长春回，告知在当地菜市场见到的颇为奇特而新鲜的一幕：数名妇女立于菜场边，每人面前置放一只木箱，手里捏着一小截长方形木块，边“咚咚”敲击箱面，边大声吆喝：“我的大！我的大！”朋友何曾见过此种场景，正诧异间，便见一位挎篮老妪走至一个木箱前，与用木块敲击箱面的妇女言语数句，掏出一些钱递上，那妇女便掀开箱盖，取出一只热气腾腾的烧鸡递给老妪……

听罢朋友指手画脚的叙说，当时，我俩相顾大笑许久。

因缘适巧，半年后，我获得了去长春参加杂文年会的机会。在得悉可以赴长春的第一时刻，我想做的事便是一定要去菜市场领略一下那吆喝售卖烧鸡的滑稽幕景。可惜，我去时为隆冬时节，当地气温为零下二十九摄氏度。有天早晨，在自助餐厅吃早餐时，忽闻厅内响起一片“哦！哦！”的惊讶声，同时，坐在落地玻璃窗边的进餐者，纷纷立起，举着手机向天空拍照。抬眼看去，但见碧蓝的晴空，竟出现了一大两小三个太阳。那几日，当地的报纸、广播、电视都忙着配图载文科普，告诉市民这种天象是日晕，也叫幻日，为一种大气光学现象，是日光通过卷层云时，受到冰晶的折射或反射而形成的。通俗讲，那两个体型较小的“太阳”，实际上是真太阳的反射幻影。呼吁人们不要惊讶。

尽管气温如此之低，我还是和会上结识的朋友去了菜场，可惜菜场完全被皑皑白雪覆盖，沿菜场边的几家售卖菜肴的门面，门口都拉着厚厚的门帘，门前摆放的几只纸箱里，放着萝卜、包菜和冻得表皮呈暗褐色的梨子，只是不见售卖烧鸡者。自然，也无缘领略那滑稽的一幕。

近年，蒙朋友不弃，先后被拉进了手机里的数个文友圈，虽是日日潜水，却时时可见文友推发自己的作品与评论。初时尚觉新鲜，连续点阅了十数篇后，才发觉这不同作者推发的个人文章，调子谦虚的方式虽各有不同，但推发的潜台词，竟都是一致的，那便是：“我的大！我的大！”多年渴盼亲聆的这货声，原以为早“作广陵散焉”，不想而今却在微信群里听到了。

二〇一九年十月十一日凌晨，合肥东北郊写字间六一四室

饲 猪

农耕社会里，猪或许是饲养普遍，乃至随处皆可喂饲的一种家畜吧。

《中国食经》（任百尊主编，上海文化出版社，一九九九年二月第一版，二〇〇〇年二月第二次印刷）在介绍猪的饲养简史时，说：

> 中国养猪的历史悠久。据考古发现，约在公元前六千至五千年前的河北武安磁山和河南新郑裴李岗两个遗址，均出土了猪的遗骸，是目前中国北方已知最早的家畜遗存址；南方则于广西桂林甑皮岩和浙江余姚河姆渡遗址发现家猪骨骸，均在公元前五千年以前。到商代早期，中国已培育成特征稳定的家猪品种。

“猪多肥多，肥多粮多”，这是农耕社会成员对养猪益处的直观共识。旧日乡间，“丰年留客足鸡豚”，是很能展示农家富足食精、主客俱欢的一个温馨场面。

至于我得出本文起首那个论断，则是翻读袁子才几本著作后的心得。

从袁子才所撰《随园食单》里，可以想见，其家里大约是养猪的。在该书《特牲单》中，介绍“白片肉”做法时，袁子才说：

> 须自养之猪，宰后入锅，煮到八分熟，泡在汤中，一个时辰取起。将猪身上行动之处，薄片上桌。不冷不热，以温为度。此是北人擅长之菜。南人效之，终不能佳。且零星市脯，亦难用也。寒士请客，宁用燕窝，不用白片肉，以非多不可故也。割法须用小快刀片之，以肥瘦相参，横斜碎杂为佳，与圣人“割不正不食”一语，截然相反。其猪身肉之名目甚多。满洲“跳神肉”最妙。

在《随园诗话》中，袁子才曾不无炫耀地说：“雪芹撰《红楼梦》一部，备记风月繁华之盛。中有所谓大观园者，即余之随园也。”只是，读过《红楼梦》的人都知道，大观园内虽畜养鸳鸯、仙鹤、小鹿、鹦鹉、画眉、绿头鸭、鸂鶒、燕子、白兔、黑兔、锦鸡、猫，却没提及喂猪。就像大观园内，有一处景致唤作“稻香村”，满目郊野气色，贾政至此，曾生发“归农之意”。其间种植的，也只是杏、桑、榆、槿、柘各色树木，以及分畦列亩的佳蔬菜花，而没有胡插乱栽黍麦薯稻，这就是贾府或曹雪芹的清逸处。袁子才则是务实而擅经营的，将随园内的山村、田地、池塘租给十三户人家，任其种植稻蔬、果木，养鱼，放鸭。自然，圈养几头猪，亦是情理中事。于是，随园主人不仅能够坐收地租，日常待客、家宴，食材亦多由佃户提供。所以，袁子才在《随园食单》里，提出以“自养之猪”来制作“白片肉”，出语虽矫情，还是可信的。唯此文起首著一“须”字，生生以“自养之猪”作为做好“白片肉”的先决条件，如此，对大多数奉《随园食单》为烹饪金针者来说，则未免强人所难了。

在一些基层衙门办公处所，是可以养猪的，这是读袁著的又一所得。《随园诗话·补遗》卷九第二十则载：

处州山水清佳，而朴野已甚。余壬寅（乾隆四十七年）春游雁宕山，过缙云县。见县官讼堂养猪，为之一笑。

处州，旧时辖治为今日浙江丽水市地域。袁子才取道处州府下辖缙云县，前往雁荡山春游，竟看见县官在讼堂内养猪，不禁“为之一笑”。

这“为之一笑”四字，十分值得玩味。细思，约有三个缘由：其一，讼堂本是审理诉讼案件的场所，竟有人于此公干禁肃之地饲猪，自是滑稽可笑。其二，袁子才世事洞明，人情练达，四十余岁便退出宦场，逍遥东山，对宦场之脏，当是别有见识。西谚云：“宦场如马厩。”今见讼堂饲猪，是否想见宦场之脏，恰如猪圈，而忍俊不禁呢？其三，乾隆壬子年，《随园食单》付梓，风行大江南北。书中俏语隽言甚多，如上引袁子才谈“白片肉”

做法，述及取猪肉渠道，言“须自养之猪”。县官无疑是一读书人，或许亦嗜读《随园食单》，对此条文烂熟于心，遂按章办理，为烹饪美味“白片肉”准备材料。随园老人此笑，抑或正是为无意中，竟遇到一知己，或者一学生，按捺不住得意之情吧。自然，此为玩笑语。

二〇二〇年三月七日下午，合肥城南稻香楼畔

人体盛

“吴王好剑客，百姓多创瘢。楚王好细腰，宫中多饿死。”统治者的嗜好，对其管辖区域风尚与世相的生成，无疑有着直接影响和培育效应。

周作人在《金刚钻的用处》一文中，引述过一则有趣故事，说清朝有个很风厉的抚台，下属如不是穿了破旧衣服去见他，必定要大不高兴。一个知县初到省，着了簇新衣帽去谒见抚台，遭其大加训斥。知县惶恐地解释，卑职家贫，买不起旧袍褂，不得已只好穿这新的。抚台听了默然。

知堂此篇短文，刊于二十世纪五十年代初期的《亦报》，意在针砭片面强调节约，而不注意实事求是，以致造成新的耗费现象。至于我感兴趣之处，还在因抚台提倡下属穿破旧衣服，导致市面旧衣价格竟超逾新衣价格，以致资财不足的下级官员无力购置旧衣去应对上级官员的考核。而从抚台听罢知县分辩，只是默然，没有继续斥责来看，这位抚台对自己力倡官员着破旧衣服、展清廉世风在社会上酿成的后果，还是有所反思的。自然，这只是地方大员个人喜恶影响社会风气，准确说，是确立了主政地区宦场滑稽着装标准，进而引发市售新旧服装价格非理性升降的一则怪异事例罢了。

至于成语“嗜痂之癖”反映的因统治者奇特癖嗜，酿成的那出不可理喻世相，则堪称恐怖了。此史实出自《宋书卷四十二·列传第二·刘穆之》，好在文字不长，现引附于后：

> 穆之三子，长子虑之嗣，仕至员外散骑常侍卒。子邕嗣。
>
> ……
>
> 邕所至嗜食疮痂，以为味似鳆鱼。尝诣孟灵休，灵休先患灸疮，疮痂落床上，因取食之。灵休大惊。答曰：“性之所嗜。”灵休疮痂未落者，悉褫取以饴邕。邕既去，灵休与何勖书曰：“刘邕向顾见噉，遂举体流血。”
>
> 南康国吏二百许人，不问有罪无罪，递互与鞭，鞭疮痂常以给膳。

东晋末年，刘穆之随同刘裕起兵，划策设谋有功。刘穆之卒后，刘裕代晋自立，建立刘宋王朝，追封刘穆之为南康郡公，谥文宣公。南康郡，后改为国，位于今江西赣州。刘穆之孙子刘邕嗣爵以后，成为南康国主，南康的官吏为其臣下，受其管辖。刘邕有个怪癖，嗜食疮痂，认为味道像鳆鱼一样鲜美。有次，刘邕到孟灵休家，孟灵休先患灸疮，刘邕见他床上落有疮痂，便取而食之。孟灵休大惊。刘邕告诉他：“我就是嗜吃此物。”于是，孟灵休便将身上未落的疮痂，全部揭下来，供刘邕大快朵颐。刘邕走后，孟灵休写信向何勗述说了此事，称自己现在是浑身流血。

人间竟有此种奇葩之好，直让我读来欲呕。而最不可理喻的是，因为刘邕这怪嗜好，南康国的两百多名官员，不问有罪无罪，均要交替遭受鞭打，以保障生成足量鞭疮痂，给刘邕作美膳。在东瀛，有餐饮商经营“人体盛”之宴，用女子裸露的身躯作“美器”，盛放美味寿司，供食客欣赏、取食。呵，刘邕竟将在南康国任职的两百多名官员视作了满足自己饕餮口欲的人体盛，而且，是器具自生食物的人体盛。

知悉刘邕怪癖及由此导致的恐怖后果，于我亦有一益处，那便是再贸然遭遇常人不堪忍受的种种挫折，不致过于失措。什么鸭梨山大、神经衰弱，乃至抑郁而思坠楼之类的情绪，虽也时常产生，却每每终能化解。我调节心理失衡的方式极简单，只是适时想一下嗜痂之癖的后果，心头的沉重立即释然——再不济，我总比在刘邕治下的那些官员生活得好吧！无论如何，自己这百把斤躯体尚未被他人作为器具自生食物的人体盛。

二〇一九年五月三日傍晚，合肥城南稻香楼畔

牛心与犬尾

希腊政治家阿契皮阿特，系苏格拉底弟子，此君以生活奢豪闻名于世。比如，只缘众人盛称其所畜之犬名贵，阿契皮阿特便将犬尾割去，以使众人不复提及。巴尔扎克在《人间喜剧》中，不止一次举述阿契皮阿特这桩豪举，将其视作惊世骇俗的行止。

《世说新语·汰侈》篇中，也记载了数则诸如此类的荒唐事例，足将阿契皮阿特的奢举丢至身后几条街。晋武帝司马炎的舅舅王恺，畜养一条名叫“八百里驳”的牛，很是喜爱，常把牛蹄、牛角磨得晶莹光亮。一天，晋武帝司马炎的女婿王济找王恺赌射技，指定以此牛做赌注，结果赢了“八百里驳”。他即令侍从赶快把牛心取来，片刻之后，烤牛心送上，王济只尝食一小块，就走了。晋武帝的堂叔彭城王司马权有一头跑得很快的牛，他最爱惜此牛。太尉王衍和他赌射箭，赢得了这头牛。司马权说：“如果您欲用它拉车来乘坐，我就什么也不说了；如果想杀它来吃，我就用二十头肥牛来换回它。这既不妨碍您吃牛肉，又能保全我的至爱。”可王衍执意将此牛宰杀吃了。至于那西晋的“官二代”石崇，常与王恺斗富，竟挥动铁如意，将王恺用来炫耀的外甥晋武帝赠送的珊瑚树击得粉碎，旋即搬出一堆更加光彩夺目的珊瑚树，供王恺选取抵偿，则众人耳熟能详，在此无须赘语。我总认为，言说“魏晋风度”，以上诸例呈现的魏晋人举止姿态，自是不应回避，也无法回避的一重“风度”。而这“风度”，源于不可抑止的病态夸富心理。

鲁迅说：“悲剧将人生的有价值的东西毁灭给人看，喜剧将那无价值的撕破给人看。”不惜抛撒大笔冤枉钱，肆意毁坏稀缺宝物，来塑造个人与众不同的所谓“社会形象”，乃至奢望的“历史形象”，阿契皮阿特、王济、王衍、石崇之流通过“将人生的有价值的东西毁灭给人看”，上演了一出出最缺乏道德与技术的土豪炫富闹剧。无论从哪个角度考量，彼辈举止都没有能够体现丝毫的不凡，更遑论非凡。

二〇一三年六月十二日下午，合肥城南稻香楼畔

“陈寅恪有什么了不起?”

“三年经济困难时期”，广东食品严重紧缺，中山大学员工学生每人每月粮食定量为二十八斤，每人每日肉类定量为半两，每人每月食油定量为半斤。校方决定对生活清苦的陈寅恪实行特殊照顾，膳食科长奉命上门与陈寅恪商量如何补助食品，初闻学校准备每日供应自己四两肉类，妻子唐筼每日二两肉类，陈寅恪很高兴。可听到科长最后说：“六两肉就是十二个人的分量。”脾气古怪的陈寅恪脸色突变，认为科长说话有问题，两人不欢而散。随后，陈寅恪告知副校长陈序经，他家不需要每日六两肉的照顾。陈序经了解详情后，马上向学校反映，校党委专门开会讨论此事。据说，会议开得紧张激烈，与会者大多认为膳食科长没有错，有位干部甚至拍桌子气愤地说：“陈寅恪有什么了不起？他能生产一亿斤粮食出来，给他什么都可以。”

人们无法理解，对一个“资产阶级学术权威”，为何要特殊照顾！在农业人群集中地区，此种看法更具普遍性。记得二十世纪七十年代初，国内上映过一部朝鲜故事片《鲜花盛开的村庄》，片中农户之子秉基到了婚娶年纪，事事专注实惠的父亲永山为他物色了一位身体粗壮的“劳动状元”，令儿子前去相亲。小子心系美妞，不愿与“劳动状元”见面，老子训斥小子道：“看样子你想找个好看的姑娘呀。哼！好看的脸蛋能出大米吗？”

是呀，既然好看的脸蛋不能出大米，娶美妞为妻，自然不如与“劳动状元”联姻合算；既然无力生产一亿斤粮食，陈寅恪也就没有什么了不起，当然不配享受特殊照顾——在中国南部珠江畔名校内担负管理的干部，与在“山高水丽”邻邦田垄间侍弄庄稼的村夫，人有国族之异，地隔万水千山，心却是连在一起的。我真正不认为这位拍桌子干部有多坏，但深切感觉他的见识实在不算高，只知墨守显而易见的价格标准锱铢相较，却无能力用价值标准来衡量文化人才的特殊功用，借用今天一句流行语来评价他，就是不识“文化软实力”形而上的效益。

《台北人》当选“台湾文学经典”三十本书之首后，栖居美国圣芭芭拉小城的白先勇曾对文学经典的功用有番透彻阐释：“要说文学经典没用，真是一点用也没有，也不能救国救民。杜甫的《秋兴八首》救不了大唐的衰退，福克纳那些小说挽救不了美国南方的没落，他的《声音与愤怒》与美国当代科技的兴盛毫无关系。要说文学经典有用，可以说，它是一个民族心灵的投射、一个根源。如果中华民族没有屈原、杜甫、曹雪芹，我们这个民族将多么苍白；如果没有福克纳的小说，美国的精神文化就缺了一个大角；英国若少了莎士比亚，简直不可思议。”说的虽是文学功能，其实，哲学功能何尝不是如此？历史学功能何尝不是如此？社科领域诸学科的功能应当均是如此吧。

有关陈寅恪在国际学术界影响力与感召力的神话极多：苏联学者发掘到三件突厥石碑，读不懂碑文，经陈翻译剖析，各国学者同声叹服。包括法国沙畹、伯希和在内的诸多名学者，均无力解读唐德宗与吐蕃《唐番会盟碑》，陈解释后，国际学术界普遍认可。被誉为“日本史学界太阳”的白鸟库吉研究中亚问题遇到困难，写信请教奥国学者，复信说可请教柏林大学某教授；而柏林的复信则说应请教陈寅恪教授。白鸟说，如无陈寅恪帮助，自己可能至死不解……毫不夸张地说，鲁殿灵光般存世的陈寅恪与其视野开阔、辨析精深的皇皇论著，就是我们民族心灵闪光的投射点，华夏历史学因之更加生机充盈，丰赡滋润。

撰写《罗马史》的德国历史学大师特奥多尔·蒙森，希冀建立自由与统一的民主国家，任德意志帝国议会议员期间，屡屡以自由派领袖身份在议会炮轰俾斯麦的政策，被骂得狗血喷头的俾斯麦手持蒙森著作讨好地对他说：“尊著《罗马史》我拜读再三，您看，封皮都快要磨破了。”民主议会威力就有这么大，霸道如“铁血宰相”，也不得不寻机与反对者沟通，以期缓颊。陈教授清高忠厚，不愿乱骂——当然，可能心知肚明在现实体制下骂也没有结果，只好自愿放弃每日六两肉的“照顾”，却不去和校方探究“喜看稻菽千重浪”的时代，为什么会出现公民有钱买不到食品之类的迂问题。

走笔至此，我忽然感觉本文起首所拟“校方决定对生活清苦的陈寅恪实行特殊照顾”一言，虽无语病，却存有明显事实差错，如果把它改作“国家政策失误带来的物资严重短缺，妨害了民众基本生活，校方决定采取措施，尽力使对祖国贡献巨大的陈寅恪生活少受清苦之扰”，则不仅文字“顺”，而且内容“信”了。

二〇〇九年二月二十五日凌晨，合肥城南稻香楼畔

最后的晚餐

北宋名臣、在民间享有“包青天”之誉的包拯，是安徽合肥人。现在位于合肥市环城公园东南角的中国包公园，便是桑梓后人为纪念这位清官而修葺的建筑。近日自包公园南侧经过，发现包孝肃公墓园对面人行道旁矗立的滚动公益广告箱内，新安置了一幅宣传画：居中一只白色细瓷餐碟中，盛放两粒银光铮亮的子弹，碟子左右分置一柄银叉和一把银刀，下书五个大字：“最后的晚餐。”

较之许多设计粗陋的廉政宣传画，该图因略微用了一点形象手法，显得较为艺术，不仅吸引众多过往行人注目，亦颇发人深思。在中央纪委、监察部逐年发布的被查违纪违法官员数字中，贪腐者均占很大比例，于此可见国内肃贪力度显然加强。但也是这居高不降的数字和曝光报端的贪腐个案告诉我们，贪官仍多如过江之鲫，攫取金额且呈大幅上升趋势。析其缘由，固然存在诱发腐败的一些深层次问题尚未完全解决，制约反腐败斗争深入开展的一些因素并未消除等重要原因；但世人缺乏生活理想，信仰秉承实惠主义，“半夜里梦见做皇帝，快活一时是一时”“捞上一把，死也做个饱鬼”等及时行乐思想在整个社会弥漫，当是不可忽略的因素，并最终造成虽然心知肚明行贪污腐化是吃“最后的晚餐”，可赴宴者依然接踵而来的热闹场面。

《笑林广记》里录有一则笑话：苏、杭人同席，杭人单吃枣子，而苏人仅食橄榄。杭人问苏人曰：“橄榄有何好处，而兄爱吃它？”苏人曰：“回味最佳。”杭人曰：“等得你回味好，我已甜过半日了。”行色匆匆赴享“最后的晚餐”者，十之八九便是这“先甜半日论”的信徒。武则天晚年，宠臣张易之、张昌宗兄弟贵盛，亲族俱引入朝廷为官，势倾朝野，贪污腐化，秽声远扬。“二张”有个弟弟，叫张昌仪，曾作过洛阳令、尚方少监，恃诸兄之势，胆大妄为。从《资治通鉴》里记载他的两例腐败案来看，这是一个既有经典腐败实践，又有精辟腐败理论的“全能腐败者”。他有次早朝途中，一位姓薛的候补官员半路向其行贿求官，给他五十两金并一份个人简历。张昌仪收下贿金，来到朝堂，即将这个行贿者简历交予负责官员选用的天官侍郎张锡，令其给薛姓候补官员任命职务。数日后，张锡发现这份简历不慎丢失，忙去问张昌仪所嘱提拔者之名，张昌仪骂曰：“不会办事的东西！我也记不得他名字了，只知他姓薛，回去查到候补官员中有姓薛者，给个官就是啰。”张锡慑于张昌仪淫威，回去细阅候补官员档案，竟查出六十余名薛姓候补官员，由于无法分辨究竟哪位是张昌仪交代的提拔者，遂将六十余人全部任命官职。张氏兄弟竞以豪侈相胜，张昌仪起建一座宅第，华丽超过当时的李氏诸王及诸公主。有人忿不过，夜晚在他新宅大门上书写八个大字："一日丝能作几日络？"意思是问："你又能作乐到几时呢？"张昌仪着家人将字擦去，可旋即又被人写上。再擦，再写，竟达六七回之多。于是，张昌仪不再着人擦字，而是自己取笔在这行字下面批注四字："一日亦足。"张易之、张昌宗被斩，张昌仪等张氏在朝族党亦遭捕，与"二张"一同枭首天津南。张昌仪这"一日亦足"思想，就是"先甜半日"意识的凸现。

二〇〇八年十二月七日晚，合肥城南稻香楼畔

熟鸡蛋返生孵化雏鸡

近日，一篇阐释如何让熟鸡蛋变成生鸡蛋，并孵化出雏鸡的“论文”，在知乎、微博等多个网络平台上引发热议。据澎湃新闻发布的消息表述，吉林省新闻广电局主管、吉林省舆林报刊发展有限责任公司主办的《写真地理》杂志，二〇二一年三月第十一期上登载了一篇名为《“熟鸡蛋返生孵化雏鸡”实验报告（孵化阶段）》的“论文”。河南郑州市春霖职业培训学校校长郭萍，是这个研究课题的主持者。从新闻配发的此“论文”原页之“摘要”中，可以看到这群“科研人员”的努力目标：“熟鸡蛋返生已经实验成功。为了研究返生后的鸡蛋是否具有生命力，郑州春霖学校郭萍老师、郭店鸡场郭太安老师及其他爱好者，密切关注孵化进程。……最终成功孵化出新的雏鸡，提示熟鸡蛋返生后的鸡蛋同样具有生命力。”本条消息还披露，早在去年六月出版的《写真地理》第二十二期上，“第一作者”郭萍便偕同科研伙伴，发表过《熟鸡蛋变成生鸡蛋（鸡蛋返生）——孵化雏鸡的实验报告》。该“论文”称：“鸡蛋通过高温100℃开水煮20分钟，变成熟鸡蛋后，学生们运用自己的超心理意识能量方法等，将这些熟鸡蛋变成生鸡蛋”，“并且已经成功返生了40多枚。”不经一番寒彻骨，怎得梅花扑鼻香。可见这群“科技精英”获得今日之惊天成就，最少攻克了“熟鸡蛋返生”和“熟鸡蛋返生后孵化出雏鸡”两道难关，实在并非一蹴而就。

不是存心要在这里显摆自己的博见洽闻，二十年前，我确曾听闻过与此“实验”依稀相仿的一则笑话。说的是省内有个畜牧考察团，赴东瀛取经。参观一家生牛屠宰及熟食加工厂，团员眼看着一头活牛自机器一端驱入，瞬即于机器另端生成根根熟火腿肠，无不诧异。接待方通过翻译询问观感，考察团团长明白回答：“我们那地区现在使用的同类型食品加工机械设备，效能要比你们这好得多。你将一堆熟火腿肠，从机器这端丢进去，转眼间，便有一头活牛，由机器那端走出来。”而这位在洋人面前瞎吹胡侃的团长，为当时省内分管农业的官员。此君为孤儿出身，是左邻右舍民众将其抚养成人。其主持地区工作后，以好大喜功著称，后因受贿等罪，被处极刑。当年，民众依据其平素行事风格，为其编了这则“以舌报国”段子，是讥讽其虽然性喜逞强，却不具备基本常识。

查阅可知，二〇〇九年，经郑州市人力资源和社会保障局批准，郑州市春霖职业培训学校成立。该校主要从事国家职业资格认证培训等项目，另设有“超感知全能全脑”“原子能量波动速读”“快速作文写作”等课程，并开展过主题为“孩子大脑无限潜能，培养孩子创造力”“全脑开发，您的孩子也可以成为电脑天才”等培训活动，参与者多为小学、中学的学生。令人咋舌的是，一则当年流播于民众之口的讥讽昏官笑话，如今却被该校数名教书育人的园丁，整理成了活灵活现的“科研成果”。最终，堂而皇之地发表到了一份国际标准刊号、国内统一刊号、邮发代号俱全的国家新兴地理综合类专业学术理论期刊上。更荒唐的是，中文三大期刊数据库之一的《维普中文科技期刊数据库》，又及时收录了这篇“论文”——真是“君子成人之美”啊！国内学术空间的氛围，于此可窥一斑。此“论文”在网上曝光后，读者跟帖量持续增加。若探究社会阅读、议论热潮不退之原委，实在是这项“科研成果”中，显现出的反智倾向之荒诞，假话正说之滑稽，均过于经典。

初中时，学校组织学农活动，老师带着一群小小少年，肩负背包，前往广阔天地“接受贫下中农再教育”。在那全新的世界，我们这群城里长大的孩子，最感有趣的是村民生动的言语。夜里，在农家堂屋地面草铺上，小伙伴们手忙脚乱地将各自带来的床单铺好，放上被子，挤睡在一起。吹灭油灯后，尽管伸手不见五指，可精力旺盛的我们，还用白天在田间地头新学来的乡村口语、民谚、顺口溜，嘻嘻哈哈地相互逗乐或攻讦。其中有句讽刺肆无忌惮说谎者的歇后语：“吃铁丝拉簸箕——你真能编！”至今铭记。若以之移赠辛苦钻研的郭萍与她的科创团队，以及为此篇“论文”大开绿灯的《写真地理》《维普中文科技期刊数据库》的编辑，感觉亦甚为得当。

二〇二一年四月二十六日夜，合肥城南稻香楼畔

界外高手

扒烧整猪头

扒烧整猪头为扬州传统名菜。清代扬州瘦西湖畔有一法海寺，该寺出售烧猪头，吸引了大批商贾游客。当时流传着这样的民谣：“绿扬城，法海僧，不吃荤，烧猪头，是专门，价钱银，值二尊，瘦西湖上有名声，秘诀从来不告人。”法海寺扒烧的整猪头，不仅是一般市民不可多得的美食，而且连官商士绅亦经常去一饱口福。据《清稗类钞》记载，宣统年间，士人李淡吾尝食之，“越岁告重夫（即林重夫），谓尚齿颊留香，言时犹津津有余味也”。

扒烧整猪头宜用泰兴产黑色猪头。此菜对火候的要求极为严格，成品要保持“酥烂脱骨而不失其形”，色泽红亮，香气浓郁，入口不感油腻。

清炖砎鸭

据说，清炖砎鸭源出于无锡光复门内石狮子尼庵，清末年间，有一股上海茧商到无锡收购蚕茧，进庵游玩，并在庵中进餐。庵内有两个尼姑，一名“驼”，一名“雪根”，皆为烹调高手，端出一稀世珍品——冰梅纹古大海碗，内盛一只清蒸鸭，茧商品之，其味特佳，因见庵前有对石狮子，故称之为石鸭。一经传出，游客纷纷到尼庵预订。由于宝碗仅有一只，食客引以为贵，相传成名。一时各菜馆也竞相仿制出售，但又恐石鸭二字与尼庵涉嫌，遂将“石”字改作“硕”，取其硕大肥美之意。从此硕鸭一菜，成为无锡地方名菜。

此菜汤面上浮有一层鸭油，汤色澄清，味道醇厚，鸭肉酥烂，鸭形完整。

上面为《中国名菜谱·江苏风味》（中国财政经济出版社，一九九〇年六月第一版）卷中记录的两款名肴的渊源来历，在这两段文字后面，还分别缀有关于每款名肴“原料”和“制法”的详细介绍，因写这篇小文的意图不在传播烹饪之道，故略而不录。如众所知，“扒烧整猪头”在美食族中声望甚隆，与“清炖蟹粉狮子头”“拆烩鲢鱼头”并称，为知名的“镇扬三头”之一。我曾有幸享用过这款美味，虽然糯烂香郁，入口即化，但食时适逢溽暑，总有略微肥腻之感，以至满桌老饕，竟未能食尽一盘。至于“清炖硕鸭”，名声则似乎仅囿于邑中，并未能如前者那般享有广博而久远的知晓率。其实，仅由所用原料观之，这两款菜肴俱未遴选珍异奇绝之材，最终竟均能跻身名菜之谱，无疑就依赖其烹饪者的精妙之技了。

《中国名菜谱·江苏风味》卷计介绍二百九十九款江苏美味

佳肴，应当说款款皆有烹饪妙绝之处；而今独独挑出这两味来品评，实在是因为它们出身的另类——俱是由僧寺、尼庵中不沾荤腥的方外之人秘制而成，奉献给滚滚红尘间凡夫俗子的绝味名吃。它们告知人们一个简明道理：不食荤腥者，未必就不通晓荤腥烹饪之理。再引申一步，则是提醒人们：在似乎与某种技艺最无关系的人群里，往往隐身着谙熟这种技艺的绝世高手。

看过“扬州八怪”中的罗聘绘作的一本《花卉果品图册》，其中一帧，淡淡疏疏地涂抹了几只肥壮鲜嫩的春笋，笔墨极简省；在这画的角落，留有他用那饶富名士气息的书法，叉手叉脚题写的一首诗，异常风趣：“初打春雷第一声，满山新笋玉棱棱。买来配煮花猪肉，不问厨娘问老僧。”阅见之初，只当是这位以画鬼讽世闻名的画家，又在借题恶噱。再读几卷书，更多了解中国僧寺、尼庵的一些故实后，方明晓出生并长期生活在扬州，擅画佛像僧容，醉心编著佛教心性之书，嗜游禅寺，与居士、僧人日常过往无间，常宿僧舍，终生礼佛，以“花之寺僧”为号的罗聘，写出这诗实在是有所依本的。谚云：“能者为师。”既然僧寺、尼庵整治出的荤腥滋味比民间居家、酒肆整治出的荤腥味道更佳，既然方外僧尼的烹饪技艺比凡尘中厨爹厨娘的烹饪手段还要高妙，逢到需要请教治肴之术，自是应当“不问厨娘问老僧”，或者，“不问厨爹问老尼”了。

二〇〇四年五月四日晚，合肥城南罗小店

自造佳话

检点艺苑文坛，许多大师彪炳青史的形象与他们流播众口的逸事佳话是不可分割的。李太白诗固然好，柳耆卿词固然佳，唐伯虎画固然精，设若没有长安市上酒家眠、众姬春风吊柳七、漏夜载美归姑苏的传说，终不免消颜损态、减香失色。

正是识得其间三昧，许多富机心者于求艺为文之余，总不忘自造佳话。

启功早岁追随齐白石研习丹青，擅亲历之胜，忆叙齐白石事迹生动而别致，较之一般道听途说转述者，质朴中更添一层神韵。他说过齐白石一件自造佳话不成，反弄巧成拙的趣事。从前北京每到冬天，就有菜贩手推独轮车叫卖大白菜，住户纷纷购作过冬储存菜，每车菜最多值不到十元钱。一次，菜车经过齐门，齐白石拦住菜贩，向他说明自己画值多少钱，愿意画一幅白菜，换他一车白菜。不料此菜贩根本不懂一幅齐画确可抵一车菜而有余，竟向路人大嚷："这个老头儿真没道理，要拿他的假白菜换我的真白菜。"一时弄得齐白石狼狈万分。难怪启功在《记齐白石先生轶事》中述说这桩趣事时，还不免为老师慨叹："如果这次交易成功，于是‘画换白菜’‘画代钞票’等等佳话，即可不胫而走。没想到这方面的佳话并未留成，而卖菜商这两句煞风景的话，却被人传为谈资。从语言上看，这话真堪入《世说新语》；从哲理上看，画是假白菜，也足发人深思。……可惜的是这次佳话，没能属于齐先生，却无意中为卖菜人所享有了。”

末代皇帝溥仪也披露了“帝师”陈宝琛沽名钓誉的一则事例，有次在书房里，陈宝琛忽然对溥仪说，无意中看到两句诗：“老鹤无衰貌，寒松有本心。”想起自己即将来临的七十整寿，请求溥仪把这两句诗写成对联，赐给他做寿联，溥仪答应了。随后，陈宝琛又对同事朱益藩说：“皇上看到这两句诗，说正像陈师傅，既然是皇上这样说，就劳大笔一挥，写出字模供皇上照写，如何？”可谓老谋深算，左右逢源，一则佳话就这样天衣无缝地造成了。

齐白石自造佳话的对象是不解雅道，缺乏“六朝烟水气”的“卖菜佣”，且涉及实物交易，故当场讨个没趣。而陈宝琛自造佳话的对象是垂髫童子，又是以师对徒而言，自然易于奏效。陈宝琛喜作诗，其作品中被人引用最多的当属《前落花诗四首》中的一联：“委蜕大难求净土，伤心最是近高楼。”据说从中历历可见其欲助溥仪恢复帝业而不得的无奈、孤愤心绪。尽管壮志难酬，但在策划儿皇帝为自己书赠嘉奖联这件小事体上，陈宝琛可能是至死无憾且自认为神鬼莫知的。孰料在其弃世二十九年后，由当年小皇帝变成被释战犯的溥仪，出版自传《我的前半生》时，还是公布了陈宝琛这桩沽名钓誉之举。帝师九泉之下有知，可能也唯有以“身后是非谁管得”自嘲吧。

自造佳话再美，终属人为，恰如小孩游戏吹出的肥皂泡，尽管晶莹剔透地满天飘舞，结果总不免一一破灭，落下的皂液溅得吹泡者满面。《水浒传》里的“母夜叉”孙二娘说过一句粗口：“由你奸似鬼，吃了老娘的洗脚水！”对嗜耍机心者，此语真不啻当头棒喝。

二〇一〇年五月三十日夜，合肥城南稻香楼畔

朱元璋

清明节休假，表姐一家自沪上返皖扫墓，说想吃农家乐。中午，邀其前往市经济开发区一家知名的农家乐饭店聚餐。

这家饭店是浙江人来肥经营的，门前车水马龙，食客纷至沓来，生意异常火爆。饭毕，去了一趟洗手间，无意中发现Gents门额上的标识，竟是源自《中国历代帝后像》，常被目下新版历史书采用的那幅被指为画匠美化的明太祖朱元璋头像。至于Ladies门额上的标识，则是一个娇艳宫女头像。嗬！店家或许是嫌马皇后姿容欠佳，不宜在此挂像吧。其实，朱元璋相貌又何尝善美，明史专家吴晗在他呕心沥血撰著的那本《朱元璋传》里，曾对朱皇帝长相作了专门论述，倾向认可他是“相貌不很体面”的传说。

那年去南京旅游，记得到东郊紫金山下参观明孝陵时，导游介绍说，明开国皇帝朱元璋和皇后马氏合葬于此。在明孝陵内的梅花岗，她又指着一处树有石碑、建有石像的景点，告诉大家，这是三国东吴大帝孙权墓遗址。据说，当年建明孝陵时，主持建陵工程的中军都督府佥事李新，曾建议把孙权墓迁走，遭到朱元璋否决。您猜他咋说？“孙权也是一条好汉，留着给我看门吧。”真是豪气冲天！可孰料六百年后呢，自己竟也被农家乐饭店老板聘用，成了引导芸芸众生方便的门童。诗曰：“毕竟英雄谁得似？”果不其然。

刘少奇说话透彻明快，曾握着京城掏粪工时传祥的手说：“你掏大粪是人民勤务员，我当国家主席也是人民勤务员，这只是革命分工不同，没有贵贱之别。”他还喊过一句响亮口号：“人人为我，我为人人。”略输文采、稍逊风骚的朱元璋，尽管不是这则口号的总结肇创者，但考其生前言行、身后遭际，却实在是这则口号的忠诚实践者。昨日留孙权为朕把守墓门，应属“人人为我”；今朝替食客指引方便之门，无疑是“我为人人”。所行只有分工不同，是没有贵贱之别的。

二〇一一年四月四日夜，合肥城南稻香楼畔

还元汤

在中医领域，以人之粪便入药，原是富有渊源的。

皇皇药典如《本草纲目》，对这些取诸人类粪便或以此为主料制成的药物之性味、采制、功效和主治疾病等，均有详细记载。但方家开药方时，用到此类药，考虑病家的心理感受，多以隐语指称。如：常用来治疗寒热头痛、劳伤咳血、产后血瘀、跌打损伤的人尿，被称为“还元汤”“轮回酒”。在竹筒中塞入甘草末，两端用竹、木封固，冬季投入粪缸中，立春取出，悬风处阴干，破竹取甘草末，晒干，称作“人中黄”，中医用其主治热病发狂、中毒、恶疮等症。

英国学者李约瑟将从童尿中提炼出的大名鼎鼎中药——秋石，列为中国古代科技二十六项发明之一。明朝嘉靖皇帝沉湎采阴补阳、提炼仙丹，据《明史·佞幸传》记载，无锡进士顾可学厚贿当朝权臣严嵩，自言能从童男童女尿中提炼秋石，服之可以长寿。嘉靖闻听严嵩奏呈，派钦差至顾家赏赐。顾可学赴京谢恩，又被嘉靖屡封高官。显然，顾可学获得厚赏，全赖秋石之功。这也是以人类便溺为原料制成的药物，进入中国“第一家庭”的确凿记录。

至于此类药在民间的运用，我则亲眼见过。小学同桌的学友，有次在学校与人争殴，背部被猛击一拳，回家后感觉疼痛。其祖母闻之，就用茶盅接了其尚在吃奶的小弟弟一些小便，令这位同学饮下。当时，我和几位同学正在其家玩耍，看后觉得十分神奇，以致随后很长一段时间，每当这位同学与我们发生口角，嘲笑其喝尿便成为我们攻击并打败他的有力武器。

估计在现代人看来，取自身粪便入药，多少有点怪诞。而一些文艺家创作时，却偏嗜搜求此类“重口味”素材作内容，来增加作品趣味，赢取读者或观众注意。莫泊桑总结小说成功结尾的秘诀，是“给读者一记耳光”。大约，这些文艺家便是循此经验，剑走偏锋，以求出奇制胜吧。自然，其中亦有运用得好的。时近腊月，皖省普降大雪，从新加坡回国的女儿想看黄山雪景，今天陪其坐旅游大巴前来天寒地冻的皖南。途中，看了车内VCD播放的《狄仁杰之神都龙王》。此片为香港徐克执导，讲述年方而立的狄仁杰初到洛阳大理寺任职，便遭遇震惊朝野的“龙王袭水军案”。追查中，获悉城内皇族大臣日常饮用的“钦定皇贡”雀舌茶，被觊觎中土的东岛国匪贼下了蛊毒，面临毁家灭族危险。狄仁杰遂寻方祛毒，所得解蛊良术，竟是大饮童子尿。屏幕上于是出现如下两组滑稽镜头：这厢是无数太监男童列队饮水逼尿；那厢是至尊天子、阖朝皇族、文武大臣手捧满盛便液的玉碗，颦眉蹙额地吞饮……

呵，利用童尿治病，原为中医神功妙术。而徐克巧借惯常专享特供的冠冕豪族，乐极生悲，竟依赖吞饮童尿来挽救性命的特写镜头，于嘲讽中表述众生平等的朴素民主思想，则显现了艺术家的苦心孤诣。

二〇一三年十二月二十六日夜，黄山北海宾馆六四〇一房

象棋中毒

观欧美电影，有时看到反映人物花生过敏或花粉过敏的场面，总被这样的镜头深深吸引。每人都是一个独立世界，人体存在差异，对各种物质的感受自然不同。影片制作者敏锐关注到这一点，并将它客观展现出来，行为本身充满了对人类个体差异的尊重，对罕见疾病患者的关怀，委实值得褒扬。

世间，有人对某些事物的感受，主观上确实更敏感些。我外出吃饭，由于纯心理因素，有时会出现腹泻。早年写散文《紫河车》，杜撰过一个词语："心理性腹泻"。并对此词语做了解释："我可能是心理性腹泻，只要吃过感到不洁或有点疑惑的食品后，总是不可避免地很快发作。""刘郎不敢题'糕'字，空负诗家一代豪。"据说，被称作"诗豪"的刘禹锡写诗时，准备用一个"糕"字，但想到"五经"中无此字，遂弃"糕"不用。后人因此写了上述诗句，讥讽他作诗气魄与"诗豪"名头不符。我写《紫河车》时，也有着和刘禹锡同样的谨慎，记得这篇文章在《安徽文学》发表前，我还就"心理性腹泻"提法准确与否，专门打电话咨询省内一位著名的医疗专家。至今，依然记得这位对文学也十分喜爱的前辈医生，在电话那头先是不厌其烦地为我的生造词语成立寻找理论与事实依据，最终，他和蔼地说：“此词语在医学术语中确实不存在，但在文学作品里却不妨运用。”是他的鼓励，使我坚定了保留这个生造词语的信心。后来，我一直留心从生活中搜集此类病例，有次，和几位朋友结伴外出旅行，其中一位当过兵的朋友上车甫落座，便服黄连素。问是否在治腹泻，回答却是：“我在预防腹泻。只要外出，我总先服黄连素。不然，准腹泻。”——瞧，这不是典型的“心理性腹泻”症状吗？

还有些疾病出现，粗看似是出于主观感受，探源溯流，则会发现不然。读过奥地利作家斯·茨威格的小说《象棋的故事》吗？在那艘从纽约开往布宜诺斯艾利斯的远洋客轮上，无意中加入吸烟室内的旅客对弈，出手即战胜当时世界象棋冠军的B博士，曾被纳粹盖世太保长期孤身拘禁。其间，他为排解寂寞，日复一日地在脑中自己与自己持续进行象棋对弈，最终导致神经急性错乱。清醒时，他将自己这种精神过分紧张的病兆，归结为一个词语：“象棋中毒”。无疑，医学上迄今为止也没有出现过这个术语，但探究小说中叙述的B博士发病原委，我们却无法否认“象棋中毒”的概括精练与表述传神。当然，剖析此例极富个性病症肇因，肯定应从社会角度考虑，这是不言而喻的。

二〇一四年二月五日凌晨，合肥城南稻香楼畔

猪八戒的妈

童年时，小伙伴嬉戏，爱传吟——准确说是嘶吼一首儿歌：“猪八戒的妈，真傻瓜。洗屁股水，摊粑粑。坐床上吃，坐床上拉。”词颇俚俗，但当年那手舞足蹈、声嘶力竭的吟唱，确使稚童意兴得到淋漓舒展，获得一重因恶作剧生发的精神层面愉悦。

这场面已过去三十余年了，今番勾起潜藏在我记忆深处积淀的缘由，是刚刚阅读了《杂文月刊》（选刊版）内收录的漫画家方成一篇短文，其中，也引用了一则有关猪八戒妈的童谣：“猪八戒的妈，猴儿拉差。洗脚水，熬倭瓜。干窝头，一嘴儿仨。干咸菜，大把儿抓。”

显而易见，两首歌谣的语词虽略有差异，但在表现“猪八戒的妈”思维愚笨、生活邋遢与品位低俗方面却如出一辙，都用了“拟猪化”的修辞手段。至于人们为何能编出这般戏说、恶搞的童谣来，无疑与猪八戒在世人印象中预留的丑陋面目和愚蠢、懒惰、贪婪等禀性有关。于是，观念中素来不乏“上梁不正下梁歪”“龙生龙，凤生凤，老鼠儿子会打洞”之类意识的国人，循着“有其父必有其子”的论断，略作逻辑逆推，就极自然地打造出了这十分不堪的“猪八戒的妈”之形象来。

但童谣作者可能忽略了一点，猪八戒的前身，原是掌管天河、总督水兵的“天蓬元帅”。而其在高老庄出场时的那副尊容与那种种德行，则是在瑶池蟠桃会上酒醉后，于广寒宫戏弄嫦娥，触犯天律，被打下天庭，错投母猪之胎后衍生出的。吴承恩在《西游记》中虽没有明确交代“天蓬元帅”祖上情况，但我揣想其母即或不貌似阆苑奇葩，羞花闭月，沉鱼落雁，仅作为一位普通的母亲，形象也不至于如此腌臜吧？

中国没有贵族门阀概念，人们谙服的是“成则为王败则寇”的理论，“是非成败转头空”的思想被社会普遍承袭。纵使沐猴而冠，亦可享受万民三叩九拜，山呼万岁；一朝英雄失势，瞬间便会遭遇天地同唾，人神共愤——这于“天蓬元帅”之母降为“猪八戒的妈”后，被童谣“恶搞”，便可窥见一斑。

“时来天地皆同力，运去英雄不自由。”世态如此，夫复何言！

二〇〇六年十一月六日上午，于合肥华仑瑞雅国际大酒店四楼多功能厅·安徽省暨合肥市记者节庆祝大会联欢会领奖席上

香樟锭

去北京琉璃厂参加“嫣然一笑：杨和平花鸟作品展”开幕式，观展间隙，和朋友们围坐在厅内茶几旁，品茗闲话。一位才从婺源旅游回来的朋友说，当地景区，有乡民自绿叶婆娑的大樟树枝干上锯锭鬻卖，十元钱便可购得茶杯口大的两块，拿在手里散发出浓郁樟香……听后心头不禁一颤。

新世纪初，我去过婺源两次。那里樟树多且大，有的村落建有供奉“樟树大神”的神龛，村民生病，家人会给樟树奉献祭品，祈求驱魔祛病。孩子体质太弱，家长便在老樟树前焚香叩拜，将孩子过继给“大神”领养……我曾写了《樟树大神》一文，记述这“崇樟”习俗，并针对村内所见不多的小樟树均是野生原发，感慨崇樟敬樟，限制了樟木开发，制约了樟树种植，表达了希冀乡民破除迷信，大量种植樟树，适度利用樟木的愿望。

一别婺源十年，孰料当地乡民思想有了突飞猛进的跨越，遑论不再“崇樟”，竟敢为天下先地直接锯取“大神”躯干，兜售扒分了。其实，售卖樟锭现象，在产樟景区普遍存在。只是，其他地区售卖的樟锭，一望而知是成品用材余剩的边角料。偶尔，其中还夹藏一些赝品。有位朋友曾从产樟景区买回几块樟锭，放入衣橱薰衣，可锭上香味很快消失，方明晓这被售卖乡民凿凿指证的“樟锭”，竟是用杂木染香制成的“山寨货”。婺源乡民如今在樟树旁立锯现售，用心大约便是借最直观方式，向游客证明所鬻樟锭货真无欺吧。只是，没有考虑这场面太煞风景了。

少年时，在合肥淮河路北侧李府居住，路南有一厨师训练班，楼上培训厨师，楼下售卖菜肴。小学同级陈姓校友之父是名厨，每晚啜饮二两“逍遥津白酒”后，便在店内天南海北地“侃大山”，我是忠实听众之一。记得他说过一道地方名菜：“跑马鸡”。做法是，取来活鸡，将胸脯处毛煺去，用利刃片下脔肉，迅速洗净、切片、炒熟、上桌，当食客已津津有味地品尝这鲜美下酒菜时，那被片去胸肉的可怜鸡儿尚在地面沥血乱窜。欣慰的是，这道美味如今终于不传，原因之一，当然，或许还是最重要的原因，就在于它烹饪过程的残忍——即使这被施虐者为已成人类数千年食材的鸡。

在《护生画集》里，丰子恺绘有《剪冬青联想》一图，取城市习见的修剪冬青现象入画，并配诗借题发挥道：“一排冬青树，参差剧可怜。低者才及胸，高者过人肩。月夜微风吹，倩影何翩翩。怪哉园中叟，持剪来裁修。玲珑自然姿，变作矮墙头。枝折叶破碎，白血处处流。”有人对“白血”一词讪笑不已，进而认为全诗迂腐至极。但我对这通俗诗句中蕴涵的朴素劝善意向及环境保护意识，却十分沉迷且景仰。

二〇一四年二月十五日凌晨，北京西城区宣武门外大街九十二号汉庭·全季酒店八五〇三房

豆腐絮语

一

大暑时节—— 一年里最热的日子，随安徽文学院作家赴淮南潘集采风，去了有“豆腐故里”之誉的祁集镇。

在祁集参观，听镇上人说，汉代淮南王刘安为求长生之术，聚集门客，精研炼丹之术。而祁集祁圩村祁姓祖先祁老大，时为刘安门客，在炼丹过程中，偶得豆腐。刘安食后，大喜，遂将此项生产技术的创肇者祁老大之姓，嵌入这款美味之名，称其为“黎祁”。

嗜食豆腐这款美味的食客，想必都知道，豆腐之名始于北宋，时人寇宗奭所撰中药著作《本草衍义》中说：“生大豆……又可硙（石磨——作者注）为腐，食之。”即是“豆腐”一词的出处。此外，豆腐还有几个别名：菽乳、甘脂、小宰羊、黎祁。关于“黎祁”这一别名，宋·陆游《邻曲》诗有句：“拭盘堆连展，洗釜煮黎祁。”可能是怕别人读不懂自己的诗，他还专门作注：“蜀人名豆腐为黎祁。”只说得名区域，却未讲清名字的由来，是陆游此条注释的缺憾之处。在祁集，此番倒是获悉了关于

“黎祁”之名由来明白肯定的解释。而在散见民间的大量传说中，将创制者姓名嵌入据说为其创制之物名称的现象，屡见不鲜。即以饮食为例，杜康酒、东坡肉、王致和臭豆腐、罗斯福咖啡……便堪称凿凿明证。只是，不知祁集人有关“黎祁”得名的解释，是否有文献证据。

当然，豆腐究竟为谁创制，那是一个文化史上的待证问题。而事实是，不论是否有文献证明“黎祁”之名是如何得来的，都不妨碍祁集制作豆腐的历史悠久、产品精良，以及当今制作规模之宏大。

漫步祁集，随意走入大门敞开的乡民院落，你会发现大多数人家都建有豆腐作坊，里面支有石磨，砌有煮豆浆的土灶；院内置放大缸，缸里浸泡着黄豆。村民告诉我们，为了赶早市，豆腐制作多在夜间或凌晨进行，我们去时因是早晨，一波劳作刚刚结束，只看到作坊内濡湿的石磨和晾晒着的用于滤渣挤浆的纱布袋，而未能亲见繁忙的制作场面。

据介绍，祁集全镇现有七百户两千余人从事豆腐制作，其中，以“祁集”“祁老大”两家豆制品生产企业规模最大，被称为行业龙头。该镇生产的豆腐，品种繁多，不仅销到周边的合肥、蚌埠等城市，还远销至北京、上海、南京、兰州等地。

在祁集祁圩村入口处，我们看到竖起了硕大的牌坊，门额上嵌着舒体镏金大字“中国第一豆腐文化村”。牌坊两旁用金字书写了一副对联：“豆腐得味胜燕窝，赞为天下第一菜。”联文虽说不上守格律、重文采，但村民认定家乡为豆腐发源地的那种自豪感却充盈字里行间。在村里，我们参观了一口老井，井口不大，井水清澈，据说村里豆腐制作人家，祖祖辈辈都是从这口井里汲水来生产豆腐的。如今，村民已开始对这口功勋卓著的老井进行保护，在井上盖了一座凉亭，上书“古井凉亭”，既向世人展示村内豆腐文化源远流长、底蕴深厚，也勉励后人更好地传承、挖掘、弘扬这一独特的饮食文化。自二〇〇七年以来，每年农历三月十八，祁集镇都举办豆腐文化体育节，以本地小马灯、龙灯、舞狮子等民间艺术表演和六洲棋、斗鸡等比赛活动为主，邀请外地文艺团体前来演出。节会期间，镇上人流如潮，周边乡邻和蒙城、怀远，以及淮南市区等地的客商也前来赶会、交易，物贸异常火爆。

如果说，祁老大当年制出豆腐，尚属偶得的话，祁老大的后人们今日则是有目标、有计划、有步骤地在制作豆腐，制好豆腐，鼓了自己腰包，也丰富了世人的餐桌。

二

“种瓜得瓜，种豆得豆。”这条出自《涅槃经》，在传播过程中作了修改的俗语，是中国妇孺皆知的熟语。

在书画拍卖会场或书画拍品集里，多次看到胡适之楷书题写的对联：“靠山吃山，靠水吃水；种豆得豆，种瓜得瓜。”可见，他是喜欢这副联语的。有时，他还将这联文题写在洒金大红宣上，更透出一种世俗的热闹与温馨。胡适之思维平实，这副联语揭示的中规中矩逻辑，与他的思维兴趣与方式，自然契合谐和。

其实，世间许多事物的发展，并非如“靠山吃山，靠水吃水；种豆得豆，种瓜得瓜”那般简单、划一。如果我也擅长中国书法，也常遇人求书，也被指定用那副胡适之喜题对联的几个用字题写联语，那我题写时，一定将联语改为：“靠山吃水，靠水吃山；种豆得瓜，种瓜得豆。”虽然，这是一句笑话。不过，存异确是学术研究极可贵的态度，而求异则实在是人文与自然科学领域探索中最富创造力的精神。道理很简单，满足了解常态规律，只能助长人类思维懒惰、思想凝固；而醉心关注事物变异，则能不断令人深省，给人启发。

如众所知，与黑色炸药一样，豆腐是古人炼丹过程中的产物。它的出现，属于典型的“种瓜得豆”成就，显示了事物发展过程中“事与愿违”的变异性。从豆腐的出身，我们可以体悟再不能以机械刻板的视角去观察世界，而应以灵活敏捷的目光去审视世间瞬息万变的事物，充分考虑异常现象不可避免地出现，究天人之际，通古今之变，满怀期盼地迎接可能出现的意外结果，积极预测它们的变化方向，力争掌握其发展规律，为我所用。

虽然没有从事过豆腐制作，但早在年幼时候，我就听家里老人说过，做豆腐是极辛苦的活计。稍长，阅读古白话小说，观看戏曲，其中有关豆腐制作场面的文学描述或艺术展示，也让我进一步领略到豆腐制作者的艰难。今日生活节奏太快，人们可能没闲暇通过阅读古白话小说、观摩传统戏曲，去体会这行当的艰辛了。但只要找来一本民谚俗语集，稍加翻找，立即就会看到如下谚语：“人世三样苦，打铁撑船磨豆腐”“世间三样苦，打铁砍柴磨豆腐”“人间三样苦，打铁捕鱼磨豆腐”“世上三样苦，熬糖撑船磨豆腐”“人生三样苦，打铁抬轿磨豆腐”“人言世上三样苦，打铁晒盐磨豆腐”“世间做活三样苦，蒸酒撑船磨豆腐”……怎么数，都不会漏掉磨豆腐，你肯定明白，说它是世间最苦的行当，无可争议。

豆腐，这世间最温和、平淡的美味，竟是经过最艰苦劳作制成的，真是“吹尽狂沙始到金”“无限风光在险峰”啊。

没想到，一味豆腐从懵懂出世到制作成功，竟蕴含着恁多令人回味无穷的哲思。

三

豆腐的食法，极丰富。

听一位在海外留学的朋友回国说，林海音主编过一本《中国豆腐》，内容包括与豆腐有关的考证、散文、谚语、诗歌、传说、专访等，兼顾趣味与知识，将豆腐和文学、人生作了一次紧密而优美的结合。书中特别附录了几十种有关豆腐的食谱，更是令豆腐恋者大开眼界。很遗憾，这本台岛出版的书，未能读到，至今无法知悉它究竟介绍了哪些豆腐菜。

不过，大陆出版的《豆腐100吃》之类传授豆腐菜制作方法的小册子，却翻阅过几本。无疑，这也是豆腐铁杆拥趸所为。只是，其教授的技法，却每每令人生发床上安床、画蛇添足、舍其本题、别生枝节的感觉。

比如：“珍珠豆腐”。此肴做法据说源自慈禧，伊驻颜有术，每天都要吞珠食玉。方法是备蒸锅四十九口，每口锅里放镶珍珠的豆腐；珍珠历四十九天可以蒸烂，四十九口锅轮番蒸，即可保证每天吃到一味润肤养颜的“珍珠豆腐”——附会穿凿不？

又比如：“泥鳅钻豆腐”。烹饪方法是，把豆腐放入锅内，加入活泥鳅和葱、姜等调味佐料同煮。熟后，泥鳅都钻进豆腐中，菜型别致、味道鲜美——奇思矫情不？

再比如：“金酿豆腐”。至于其制作配料及过程，请容我慢慢道来：将老豆腐四面边皮去掉、切块，用干细淀粉滚过。将猪肉剁成泥茸，加料酒、精盐、味精、鸡蛋和葱末、姜末，用竹筷搅拌上劲。把虾仁洗净、控干，用蛋清、精盐、细干淀粉拌匀上浆，待用。炒锅上火，加熟鸡油烧热，逐块放入豆腐，炸至金黄色捞出，用小刀把豆腐挖成箱子形，填入肉茸，把浆好的虾仁放在肉茸上，即做成“金酿豆腐”。且慢，至此尚未结束。接下来，还需将炒锅上火，加熟鸡油烧热，放入菠菜，加精盐、味精煸炒透，将汤滗去，把菠菜放在盘周做围边。炒锅再上火，加入鸡汤和料酒、酱油、精盐、白糖，将做好的豆腐整齐放入锅中。烧开，改小火烧，加入味精；再用旺火将汤汁收稠浓，淋入水淀粉勾芡，边淋边晃动锅，浇上熟鸡油，出锅，入盘，现在才可上桌——浮华繁琐不？无耐心者读毕这段文字尚且不易，遑论遵章制作了！

……

其实，作为草民百姓四时下饭、提味、清补的日常菜肴，烹调是否需要如此耗财耗物、费心费力？我怀疑！

若让我举出一次最难忘的食豆腐经历，那当推在合肥一家由潘集籍厨师主厨的酒店内，食用凉菜“拌豆腐”了。厨师将老豆腐切成麻将牌大小的块块，放在一只盛满清水的赤红色瓦钵中养着，连水上桌，旁置一小碗由青蒜花、姜末、麻油、酱油和白糖配制的调料。食时，只需取调羹舀来一块老豆腐，顺手以调羹底面将其压得扁碎，再舀一勺调料浇上，慢慢享用，便可体会这款凉菜的入口细腻，品质醇厚，回味鲜美了。最难得的是，其中微含柴草燃烧后的烟火气，洵为典型农家大灶熬出豆浆点制的土豆腐。

我还喜食炒豆腐渣，那是用新鲜豆腐渣与泡豇豆碎丁、新鲜葱花、姜末、蒜粒，加盐、糖同炒，入口有些粗，有些香，不油腻，是吃泡饭绝好的佐餐小菜。合肥西乡人唐德刚撰写《胡适杂忆》时，谈及在美国的一件逸事，有次江冬秀打电话叫他赶快去吃“豆渣”，说是美国吃不到的“安徽菜”。他途中一路思忖是什么菜，到了胡府，吃后才想起，那原是做豆腐时剩下的渣滓，加五香杂料炒出，是安徽农民最普通的“下饭菜”。看来，在喜嗜炒豆腐渣“这一口”上，胡适与我堪称“同调”，倒是不存异见的。

总之，我偏嗜配料家常，做法简单，味道质朴、清爽的豆腐菜肴。作为大众食品，豆腐无需那么高贵的配料、复杂的烹技来装饰雕琢；烹饪中，只要遵循“清水出芙蓉”之理，便最易显现它自然、率真的本味。

有句话是怎么说来着？“高僧只作平常语。”对，明悉斯言，即掌握豆腐烹饪三昧。

四

对豆腐的评价——主要是赞语，肯定比谈豆腐吃法的文字多得多。

最庄重的赞扬版本，当推孙中山的《建国方略》，其中说：“中国常人所饮者为清茶，所食者为淡饭，而加以菜蔬豆腐。此等之食料，为今日卫生家所考得为最有益于养生者也。故中国穷乡僻壤之人，饮食不及酒肉者，常多上寿。”孙中山对豆腐的营养尤其推崇：“中国素食者必食豆腐。夫豆腐者，实植物中之肉料也，此物有肉料之功，而无肉料之毒。故中国全国皆素食，已习惯为常，而不待学者之提倡矣。”谁会想到，一国之“国父”竟会在精心构著的全面企划大中华民主富强现代化方案的治国纲领中，以不短之篇幅，来谈论一种食品对国民健康乃至国家的重要作用。但孙中山确实做了，而谈论的食品是豆腐。

最深沉的赞扬者，应数瞿秋白，他在福建长汀羁押期间，于生命的终末时刻，写下了那篇著名的《多余的话》，表达了文人从政的曲折心路历程。此时的他，尽管已深切地感受到“夕阳明灭乱山中”，个人早已“心持半偈万缘空”，书生习性却依然难改，在和这“美丽的世界”告别时，他恋恋不舍地说：“俄国高尔基的《四十年》《克里摩·萨摩京的生活》，屠格涅夫的《罗亭》，托尔斯泰的《安娜·卡里宁娜》，中国鲁迅的《阿Q正传》，茅盾的《动摇》，曹雪芹的《红楼梦》，都很可以再读一读。中国的豆腐也是很好吃的东西，世界第一。永别了！”如果说，前一个临终遗憾，着眼点尚为精神层面耽乐的话；后一个遗憾，着眼点则是口腹享受了，而对世间万般美味，独让瞿氏留恋的唯有豆腐，豆腐魔力之大，于此可窥一斑。

当然，对于豆腐最质朴的推崇，还是来自民间的声音。清代医家王士雄撰著的《随息居饮食谱》，从中医学角度对日常饮食的味道、特性和对身体的影响、医疗用途等予以论述，语及豆腐，他说："处处能造，贫富攸易，询素食中广大教主也，亦可入荤馔，冬月冻透者味尤美。"至于地道老百姓的表述语言，则更直接、生动："鱼生火，肉生痰，白菜豆腐保平安。"

有趣的是，由这炼丹偶得的美食，还引申出一些词语，其中以"吃豆腐"最为闻名。据说此词生成于上海，意思是占女人的便宜。当然，在男女平等的今天，它的词义也出现了外延。台湾中天综艺台节目《康熙来了》的"麻辣女主播"小S，言辞犀利、行为出位，天王刘德华、七十高龄的音乐家刘家昌、其姐大S的前男友仔仔等数十位上过《康熙来了》的男嘉宾，都难逃她的魔爪。做节目时，她直接解开混血帅哥费翔的衬衣，硬要扯其胸毛去拍卖，吓得大哥苦笑求饶；难怪连曾经沧海的陈冠希见着她，也"变得青涩起来"。于是，一家媒体介绍小S这种不羁主持风格，拟了一则标题：《小S成男星推手 谁遭小S揩油吃豆腐最享受人气飙涨》，应该说就是此词词义与时俱进的明证。

在此需要提及的是，对由"吃豆腐"这个词衍生而来的俗语"心急吃不了热豆腐"，我素无好感。每次闻听，总感觉发言者似是《金瓶梅》中那贪贿说风情的王婆，在对盯着宅女潘金莲垂涎三尺而尚未得手的西门庆作劝慰语。我虽姓王，对本家那个宋朝长舌妇的行径却始终鄙夷，“厌屋及乌”，与此语生隙，亦是意料中事，想来读者诸君不会因此斥我思维太感性吧。

呵，一路说来，已由“食”延伸到了“色”，虽同为“性也”，毕竟涉跑题之嫌——那么，就此打住这篇已经不短的絮语。

二〇一二年八月二十日凌晨，合肥城南稻香楼畔

香雪文丛书目

刘世芬《毛姆VS康德：两杯烈酒》	定价：62.00元
夏　宇《玫瑰余香录》	定价：68.00元
汪兆骞《诗说燕京》	定价：68.00元
方韶毅《一生怀抱几人同——民国学人生平考索》	定价：66.00元
王　晖《箸代笔》	定价：68.00元
周　实《有些话语好像云朵》	定价：58.00元

北岳好书
集木

// 集木工作室
投稿邮箱：jimugongzuoshi@163.com
微信公众号：集木做书
微信搜一搜
集木做书